Mort au premier tour

DU MÊME AUTEUR

Aux Éditions Denoël

La mort n'oublie personne
Le Facteur fatal
Zapping
En marge
Un château en Bohême

Chez d'autres éditeurs

Meurtres pour mémoire, *Éditions Gallimard/Folio*
Le Géant inachevé, *Éditions Gallimard/Folio*
Le Der des ders, *Éditions Gallimard/Folio*
Métropolice, *Éditions Gallimard/Folio*
Le Bourreau et son double, *Éditions Gallimard/Folio*
Lumière noire, *Éditions Gallimard/Folio*
A louer sans commission, *Éditions Gallimard/Page blanche*
Non-Lieux, *Éditions de l'Instant* (épuisé)
La Fête des mères, *Éditions Syros/Souris noire*
Le Chat de Tigali, *Éditions Syros/Souris noire*
Quartier du Globe, *Éditions Folies d'Encre* (épuisé)
Play Back, *Éditions Folio*
Hors limites, *Éditions Julliard*
Autres lieux, *Éditions Verdier*
Le Papillon de toutes les couleurs, *Éditions La Farandole* (épuisé)
Main courante, *Éditions Verdier*
Les Figurants, *Éditions Verdier*
Nazis dans le métro, *Éditions Baleine*
Écrire en contre, *Éditions Paroles d'Aube*
A nous la vie *(Photos de Willy Ronis)*, *Éditions Hœbeke*
La Repentie, *Le Monde-Gallimard*

Didier Daeninckx

Mort au premier tour

Denoël

roman

9, rue Cherche-Midi, 75006 Paris
ISBN 2.207.24548.9
B 24548.7

à Nathalie et Adrien Fisch
Kampfa !

1.

Les cours de la Kro

Mars 1977. J'habite Strasbourg où je finis tout juste le stage probatoire d'inspecteur de police. La réussite vient couronner mes efforts la semaine qui précède les élections municipales...

L'inspecteur Cadin relut à haute voix les trois premières phrases du journal qu'il s'était promis de tenir et, découragé par la platitude de son style, laissa retomber le stylo-bille sur la table en formica. Il traversa la pièce encombrée de cartons puis demeura longuement debout près de la vitre à observer les rares touristes matinaux qui arpentaient la terrasse des Ponts-Couverts. On lui avait attribué un logement de fonction dans un petit immeuble prussien de la place du Marché habité pour l'essentiel par des cheminots, des douaniers et d'autres policiers avec lesquels il n'entretenait aucune relation autre que celles dictées par la politesse.

Une péniche battant pavillon hollandais se présenta devant les écluses Vauban. Le spectacle du transbordement l'avait toujours fasciné, et chaque passage en renouvelait l'attrait. Comme toujours, la manœuvre se faisait en silence, les hommes ordonnant leurs gestes en jetant de rapides coups d'œil sur le niveau des eaux, la ligne de flottaison, la tension des cordages. Une fois seulement, gamin, il avait assisté à un éclusage de nuit, près de Saint-Omer, aux Fontinettes. Il était accoudé à la portière de la voiture, derrière ses parents, le menton posé sur sa manche de duffel-coat. Les lampes aux vapeurs chimiques trouaient le brouillard épais et répandaient une lueur jaune sur le canal, tandis que les mariniers s'échinaient au treuil et au cabestan. Le fracas des eaux noires qui se déversaient dans la fosse couvrait le rythme métallique des cliquets sautillant sur les rouages. En amont une autre péniche faisait donner sa corne de brume à laquelle répondaient les cloches et les klaxons des quelques bateaux engagés sur le chenal. Il s'en souvenait comme d'un Noël.

Un bruit de papier déchiré l'obligea à sortir de sa rêverie. Le concierge venait de glisser le courrier sous la porte, accrochant comme chaque jour la première page du quotidien à la même écharde. Cette fois l'estafilade détachait le buste du maire de Strasbourg de sa main serrant celle d'un électeur, alors que chacun savait que, dans cet exercice, Pierre Pflimlin n'était pas manchot. L'inspecteur Cadin parcourut rapidement le tract mensuel de l'Association des buveurs de bière qui donnait les cours de la Kronenbourg dans les agglomérations alsaciennes. Le litre passait tout juste la barre des deux francs dans les magasins Gro de Bourtzwiller ou d'Illzach mais grimpait à près de quatre chez Schwobthaler, à Thann. La seule lettre qui lui était personnellement adressée ne portait pas de signature : l'administration mettait fin à deux mois de silence et l'avertissait que le branchement prioritaire de son téléphone au réseau serait effectué à la fin du mois de mai.

Le soleil s'était montré vers dix heures pour effacer le givre nocturne, et Cadin décida de rejoindre à pied le commissariat de la rue de la Nuée-Bleue en traversant le bassin de l'Ill par le tunnel des Ponts-Couverts. Ses pas solitaires résonnaient sur les pavés, se répercutaient dans les dizaines de cavités ménagées tout au long du passage. Une clarté froide réfractée par la surface de l'eau plongeait par les soupiraux obliques, et dessinait des aplats d'ombre et de lumière sur les originaux des statues de la cathédrale entreposés là dans l'attente d'être copiés. Il s'arrêtait souvent face à l'ange à tête de vache dont le regard, globuleux et tendre, lui arrachait immanquablement un sourire. Un collègue, le gardien Haueser, lui avait expliqué que le bovidé de pierre se trouvait à l'origine à gauche du portail, figurant dans la parabole de la pomme : c'était un des animaux qui grouillaient derrière le Diable, dans le troupeau symbolisant le stupre. Haueser, bien que profondément croyant, racontait aussi que, vu d'hélicoptère, le dessin de la cathédrale évoquait une femme nue, allongée, ouvrant généreusement ses cuisses, un genou relevé, et que la rosace suprême en figurait le sexe. Il y croyait dur comme fer, même s'il était assez honnête pour reconnaître qu'il n'avait jamais eu l'occasion de vérifier cette vision apparue à l'un de ses cousins gendarme. Depuis, Cadin ne pouvait lever les yeux sur l'ocre de la façade sans éprouver une sorte de vertige qui n'avait rien à voir avec la foi.

Il ne fit pas vraiment attention au premier militaire en tenue qui grattait les faces d'un candélabre à l'aide d'une raclette, mais quand la scène se répéta sur son chemin une deuxième puis une troisième fois, il ne résista pas à l'envie de comprendre le but de ces étranges manœuvres. Il s'approcha des nettoyeurs qui appartenaient au 3ᵉ régiment de hussards cantonné à la caserne Baratier, et parvint à lire l'une des affichettes jaunes qu'ils étaient chargés de détruire :

> PORTES OUVERTES MAIS BOUCHES COUSUES
> On vous ouvre les portes, mais on vous dissimule ce qu'est en réalité l'armée.
>
> UN JOUR DE FÊTE POUR VOUS,
> UN AN DE PRISON POUR NOUS.
> Nous dénonçons les brimades imbéciles qui ont pour objectif de faire de nous des ouvriers dociles.

Le libelle émanait d'un obscur Syndicat des appelés strasbourgeois ; il lui revint en mémoire une repartie de l'inspection, ancien îlotier de Bab el-Oued muté à la Nuée-Bleue quinze années plus tôt. Il discutait avec deux ou trois gardiens des mouvements de contestation qui se développaient dans l'armée, et Haueser expliquait qu'il n'était pas totalement opposé à la création de comités de soldats. Zarka avait répliqué qu'il savait à quoi s'en tenir, lui, ajoutant qu'il pouvait leur dire où cela menait un pays quand des trouffions défiaient l'encadrement.

– Dans ta petite tête, tu imagines une armée syndiquée, en fait tu te retrouveras fissa avec un syndicat du crime !

Cadin salua le factionnaire et entra dans la salle d'accueil du commissariat. Une femme d'une quarantaine d'années, le visage déformé par les coups, sanglotait sur le banc des divorcés sous le portrait penché du président d'Estaing, tandis que le responsable de son état s'agitait dans la cage. L'inspecteur laissa son regard s'appesantir sur le prisonnier, persuadé de l'avoir déjà vu quelque part. Wicker était installé en bout de table et tapait à la chaîne les procès-verbaux de vols, de coups et blessures sur son indestructible Japy. Il s'était un temps destiné à l'expertise comptable et avait appris à utiliser ses dix doigts pour la frappe dactylogaphique. À ceux qui s'étonnait de sa dextérité il racontait que son professeur usait d'une méthode infaillible : elle obligeait ses élèves à cacher les touches à l'aide d'une sorte de bavoir bordé de deux élastiques dont l'un était passé autour du cou et l'autre sous le socle de la machine. Il promettait que le cerveau ainsi que les phalanges mémorisaient les suites azertyuiop et qsdfghjklm dans la semaine. Haueser, pour plaisanter, avait mis sa parole en doute et s'était retrouvé habillé du torchon occulteur que Wicker conservait sur une étagère de son vestiaire, comme une relique.

L'inspecteur Cadin grimpa l'escalier. Il s'installa devant son bureau pour mettre de l'ordre dans quelques dossiers d'affaires en cours. Vers onze heures, il reçut pour la deuxième fois le conducteur du turbotrain de la ligne Paris-Strasbourg dont la sinistre aventure avait fait la une des *Dernières Nouvelles d'Alsace*, la semaine précédente. Le cheminot s'était habillé en dimanche pour l'occasion et ne cessait de tirer sur les pans de sa veste, d'ajuster son nœud de cravate. Cadin le fit asseoir tandis qu'il relisait la déposition en prenant des notes sur son calepin.

– Vous rouliez à quelle allure à ce moment-là ?

– Environ cinquante à l'heure. Je venais de passer le poste 7. Juste après, à Roethig, on tombe sur trois aiguillages d'affilée. J'étais à cinquante, pas plus...

L'inspecteur se reporta au plan joint aux procès-verbaux.

– C'est vous qui conduisez habituellement le Corail n° 109 ?

– Non... On n'est pas comme les taxis, à la S.N.C.F. ; la machine est à tout le monde... Je peux faire la ligne Paris-Strasbourg le lundi, me retrouver sur une gare de Lyon-Valescure le mercredi matin pour finir en début de week-end à Bayonne...

– Ça doit être crevant, non ?

Il se rendit compte de la niaiserie de la formulation en la prononçant, mais l'autre, en face, était trop absorbé par son histoire pour le remarquer.

– Plutôt... Il ne faut pas relâcher l'attention une minute quand on est lancé à cent cinquante avec cinq cents bonshommes accrochés derrière...

Cadin ouvrit son indicateur ville à ville et repéra le tableau Paris-Est-Strasbourg, 504 km.

– Départ 17 h 57, arrivée 21 h 55... Il faisait donc nuit noire au moment de l'accident...

– On ne peut pas dire ça, monsieur l'Inspecteur... En campagne, oui, après l'arrêt à Nancy on ne voit plus qu'à cent mètres et on navigue en se basant sur les signaux, mais dès qu'on entre dans l'agglomération, c'est éclairé... C'est pas aussi précis qu'en plein jour, à cause des ombres, des reflets, des éblouissements, mais on arrive à voir...

– Et là, qu'est-ce que vous avez vu, exactement ?

Le mécanicien plaqua ses deux mains sur ses joues et se frotta les yeux avec l'extrémité des majeurs.

– Comme je vous ai dit, je venais de laisser le poste 7 et j'abordais les aiguillages. D'un seul coup j'ai distingué une silhouette à cent mètres, un type qui marchait sur les rails, dans le même sens que moi... J'ai d'abord cru que c'était un collègue qui bossait sur les voies, et je me suis mis à klaxonner, pour le prévenir... Il n'a pas bougé d'un millimètre... Il restait une cinquantaine de mètres quand j'ai serré à fond, mais à cette vitesse-là il en faut trois fois plus pour s'arrêter en catastrophe...

Cadin consulta une nouvelle fois son plan.

– Vous venez de me dire que le convoi s'engageait sur une zone d'aiguillages...

– Oui... Là, ça se séparait en quatre...

– Il était donc sur l'une de ces quatre voies et savait que c'était celle que vous emprunteriez...

Le conducteur du turbotrain hocha la tête.

– Il faut croire... Surtout qu'au moment où j'arrivais dessus, roues bloquées, il a marqué un temps d'arrêt... Il a tourné la tête vers moi et a levé la main, comme pour dire adieu... J'ai cette image devant les yeux en permanence, elle ne me quitte plus...

Troublé, Cadin ne savait plus comment poursuivre son interrogatoire. Il se leva et traversa le couloir pour aller tirer deux cafés au distributeur. Au retour, le type semblait avoir repris le dessus. Ils burent en silence et Cadin balança le gobelet en carton dans la corbeille.

– Vous savez si ça arrive souvent, ce genre de suicides ?

Le machiniste gonfla ses poumons et retint l'air longuement avant de souffler bruyamment.

– Deux ou trois par semaine... Sans compter les vrais accidents, les bagnoles coincées dans un passage à niveau, les mômes qui jouent sur le ballast... On n'en parle jamais, pour pas attirer le mauvais œil, mais on a tous la frousse que ce soit notre tour de faucher un volontaire. Moi j'ai eu le baptême quand j'étais encore en apprentissage...

– Parce que ce n'est pas la première fois ?

– Si... J'étais dans la cabine, en stage, je ne conduisais pas... J'accompagnais un mécano sur le Talgo, Austerlitz-Termino... On venait de quitter Toulouse et on montait en régime de croisière quand il y a eu un choc, à l'avant. Dans ce cas-là on doit arrêter le convoi et prévenir la gendarmerie, pour vérifier... Ça peut être une branche, une pierre, un animal ou un bonhomme... Il faisait nuit noire et nos collègues n'ont rien vu d'anormal à la lueur des torches... Avec le mécano on est remontés sur deux ou trois cents mètres derrière le dernier wagon. Même résultat... Une fois à Barcelone je suis allé manger un morceau puis j'ai dormi dans un dortoir de la RENFE, la S.N.C.F. espagnole... Mon instructeur est resté pour amener le train à la station de lavage de Termino, et c'est en arrivant là-bas qu'un nettoyeur a trouvé une main humaine coincée dans la calandre de la motrice... Les gendarmes ont repris leurs recherches. Ils ont ramassé le reste du puzzle vingt kilomètres après Toulouse...

L'inspecteur Cadin referma le dossier.

– Le Service des enquêtes et de la sécurité des chemins de fer doit nous communiquer ses conclusions d'ici la fin de semaine... Si j'ai besoin de vous revoir, la convocation transitera par leur canal...

Il croisa Wicker alors qu'il venait de reconduire le cheminot sur le palier.

– Le patron voudrait tous nous voir, dans dix minutes...

– Qu'est-ce qu'il veut ?

– Je n'en sais rien, c'est Haueser qui m'a prévenu entre deux alors que je m'occupais de la femme qui s'est salement fait arranger le portrait par son mari...

– Il s'appelle comment ? J'ai l'impression de l'avoir déjà rencontré...

– Ce ne serait pas étonnant. Drecht, Freddy Drecht... On a longtemps eu affaire à son père... Maintenant qu'il a passé la main, place à la jeunesse... D'autant que le petit-fils est sur les rangs !

Cadin se souvenait maintenant de sa première rencontre avec les époux Drecht. Cela datait de deux ans environ, lors d'un de ces après-midi passés à suivre les audiences du tribunal correctionnel pour, selon les termes de leur professeur de droit, « confronter le squelette blanchi des textes à la chair bouffie de la réalité ». Freddy Drecht était accusé de séquestration, de coups et blessures, d'actes de cruauté, et son fils âgé de dix-neuf ans était également poursuivi pour complicité. La plaignante n'était autre que sa propre femme, celle qui occupait en ce moment le banc des divorcés, au rez-de-chaussée du commissariat. Le président de la troisième chambre se tortillait dans son fauteuil, signe que les habitués des prétoires interprétaient comme annonciateur d'une grande sévérité. Pendant le rappel d'identité des parties par le greffier, il avait chaussé ses lunettes pour relire les notes consignées sur une feuille de papier coincée sous l'élastique du dossier, puis s'était lancé dans une fausse improvisation.

– Freddy Drecht, marié, trois enfants, trente-neuf ans dont six passés derrière les barreaux après la mise en jambes de la maison de correction... Vous habitez au numéro 12 du chemin du Petit-Heyritz. C'est le bidonville qui se trouve face aux jardins de l'hôpital civil, entre le Rhin et les terrains désaffectés de la gare de marchandises de Neudorf, c'est bien ça ?

L'accusé, assis entre ses deux gendarmes comme un exemplaire des *Misérables* entre deux éléphants bleus, s'était contenté de remuer la tête.

– La nouvelle enquête de voisinage effectuée par la police n'a fait que confirmer les conclusions des précédentes... Aucune trace de travail légal n'a pu être décelée, pas plus que l'origine de l'argent qui vous permet d'acheter les quatre à cinq litres de vin et d'alcools divers qui semblent constituer l'essentiel de votre alimentation, ainsi que celle de vos proches... On vous décrit comme un être violent, asocial, volontiers provocateur, affligé en plus d'une jalousie maladive qui, osons le mot, vous conduit à *martyriser* votre femme, Françoise. Ainsi le 23 octobre 1974, il y a donc six mois, l'estomac lesté de trois litres de Préfontaine, dit le rapport, vous avez reproché à votre épouse ici présente une liaison imaginaire avec un employé communal de Souffelweyersheim. Comme elle vous tenait tête, vous avez commencé par la frapper avant de briser une bouteille vide et de vous servir du principal tesson pour lui taillader les bras, les cuisses et la poitrine. Georges, votre fils aîné qui se fait appeler John en l'honneur du président Kennedy, est arrivé sur ces entrefaites. Il vous a aidé à ligoter l'épouse et mère sur le lit conjugal. Et tandis que vous versiez un peu de rhum, Négrita, précise encore le rapport, sur les blessures, Georges-John recousait les plaies à l'aide d'une aiguille de couturière et de fil à repriser ! Françoise Drecht est restée attachée une semaine, couverte d'entaille suppurantes, et a profité d'un moment où vous dormiez tous pour se défaire de ses liens et se réfugier chez un voisin qui fait profession de vendre des pièces automobiles d'occasion...

L'humour supérieur du juge déclenchait immanquablement l'hilarité policée du public. Cadin se rappelait cette amertume née du sentiment d'être seul à penser que la chair bouffie du réel ne se trouvait pas obligatoirement et éternellement du même côté de la barre. Il voyait un salaud et en face quelqu'un qui prospérait, au nom de la bonne conscience, sur cette saloperie. Quand arriva le moment de donner la parole aux divers protagonistes de cette sinistre affaire, la victime prononça une phrase qui relégua tous les coups de théâtre du boulevard à mille années lumière : « Si c'est encore possible, j'enlève ma plainte. Je ne lui en veux plus, tout ça c'est du passé. »

Cadin les retrouvait, unis, à la station suivante de leur chemin de croix, ni pires ni meilleurs, prêts à servir de support au même discours de correction du président du tribunal.

2.

Interdiction des pollutions, sauf nocturnes

Le commissaire Brück était amateur de films et de séries télévisées américaines. Il enviait l'efficacité des flics de fiction et tentait d'introduire dans les locaux vétustes de la Nuée-Bleue un peu des méthodes en vogue dans un New York ou un Chicago revisités par Hollywood. Sa dernière lubie, après l'installation de sirènes à deux tons sur les Renault 4 de service, consistait en l'organisation de briefings. Il avait fait aménager une salle à cet effet, dans les combles. Il se tenait debout derrière son pupitre, la tête entre deux poutres, soulignant à l'aide d'une longue règle les informations inscrites aux feutres de couleur sur un tableau blanc, ce qui donnait aux habituelles réunions de coordination des allures de conférences d'état-major, et dramatisait les enjeux de la tâche la plus prosaïque. L'organisation des roulements de personnels affectés à la sortie des écoles s'apparentait à une opération de quadrillage, la répression du stationnement abusif relevait du largage de commandos au cœur des lignes ennemies... Cette fois-ci le sujet sortait quelque peu de l'ordinaire. Une carte de l'agglomération, couvrant un territoire compris de l'est à l'ouest entre le Rhin et Molsheim, et du nord au sud entre Brodheim et Erstein, était scotchée aux bords supérieurs du tableau. Un trait épais, de couleur rouge, soulignait les limites des communes. Brück attendit que tous ses subalternes soient installés sur les chaises d'écolier récupérées à l'entrepôt du matériel municipal réformé, la petite dizaine d'inspecteurs aux deux premiers rangs, les gardiens en tenue sur les cinq suivants, avant de s'éclaircir la gorge pour capter l'attention.

– Messieurs, je crois que vous n'ignorez pas que, dans un monde livré à l'arbitraire, nous avons l'immense privilège d'habiter un pays libre et démocratique dont nous sommes, nous policiers, les garants. Cette liberté, cette démocratie, sont basées sur l'égalité des citoyens, en droits et en devoirs... Et les élections de nos dirigeants, à tous niveaux, permettent l'expression de l'adhésion, tout autant que celle des critiques. Il est donc nécessaire que personne ne puisse mettre en doute la sincérité et la régularité des opérations électorales...

Il ne manqua pas l'occasion de se hausser du col en faisant état de ses relations avec les huiles de la préfecture.

– Comme toujours en pareil cas, chaque gardien sera affecté pour toute la journée de dimanche prochain à l'entrée d'un bureau de vote. Et le dimanche suivant s'il y a besoin d'un deuxième tour... Mais M. le Préfet, avec lequel j'ai déjeuné hier soir, me confiait ses craintes de voir ces groupes extrémistes, qui agissent tant en France qu'en Allemagne, tenter un coup d'éclat pour dénoncer ce qu'ils appellent la « mascarade électorale », ou de manière plus imagée, plus directe, le piège à cons... Nous allons donc exceptionnellement renforcer le dispositif en mettant l'encadrement à contribution...

L'inspecteur Cadin se vit attribuer le suivi du secteur de Marcheim, une localité coincée entre Ill et Rhin, à une trentaine de kilomètres de Strasbourg, sur la route de Colmar. Le reste de sa journée fut absorbé par les auditions d'un gang de pilleurs de caves qui sévissait dans les quartiers résidentiels édifiés autour des institutions européennes, et par la mise sous séquestre du butin, un bric-à-brac récupéré dans un entrepôt du quai d'Austerlitz. Il quitta le commissariat de la Nuée-Bleue un peu après sept heures, marcha un moment vers les Ponts-Couverts avant de changer de direction. Il s'accorda une pause au bar de la Schlosserstub où Maurice lui tira une Schutz en prenant soin de bien humidifier le verre. Il dégusta sa bière en croquant quelques salzstengele, le nez plongé dans le numéro des *Dernières Nouvelles d'Alsace* que le concierge avait déchiré, le matin, en le glissant sous sa porte. Il délaissa les pleines pages de propagande déguisée pour le maire en exercice, Pierre Pflimlin, et se mit à lire les trois colonnes en caractères serrés relatant les faits divers de la veille. Il reconnut plusieurs affaires ordinaires passées entre les mains de collègues avant de tomber, dans la section internationale, sur son miel quotidien :

> CINQ TONNES DE PÉNIS POUR L'EMPIRE DES SENS
> Une entreprise japonaise a passé commande de cinq tonnes de pénis séchés de rennes et d'élans à une société suédoise. « *Lorsque la commande est arrivée par télex, j'ai tout de suite cru à une plaisanterie* », a déclaré Karl Bergstroem, président-directeur général de la société Kéraots. « *Ce qui m'a troublé, c'est que l'ordre était garanti par une importante banque nippone qui m'en a confirmé le sérieux.* » Les Japonais ont également passé commande de quinze tonnes de bois d'élans, parures qui jouissent

> d'une grande réputation d'aphrodisiaques. Les noms de la société et de la banque nippone n'ont pas été communiqués, de même que ceux de leurs futurs clients.

Le dimanche Cadin fut réveillé à l'aube par les camions et les voix fortes des forains qui installaient leurs étals sur la place du Marché. Il descendit boire un café face aux écluses Vauban en suivant des yeux la trajectoire improbable des derniers clients de la péniche-discothèque. La batterie de la Renault était tout juste assez puissante pour venir à bout de l'humidité qui imprégnait le circuit électrique. Il laissa le moteur chauffer sur place puis longea les quais embrumés jusqu'à l'ancienne douane, avant de rejoindre les quatre voies de la nationale.

Les grandes surfaces grignotaient les espaces libres des banlieues, macadamisaient les champs de la première périphérie pour y tracer des places de parking. Des panneaux criards, immenses loupes rectangulaires plantées au bord de la route, détaillaient les produits en promotion. Puis d'un coup, le dernier échangeur passé, la campagne reprenait ses droits. Villages nichés dans les creux, maisons à colombages, clochers joufflus, rangs de vignes striant les collines. De loin en loin, de petits groupes vêtus de sombre se hâtaient vers les messes matinales. Il bifurqua sur la gauche après les bâtiments en ruine d'une brasserie artisanale, repaire d'une armée de corneilles, pour descendre en pente douce en direction du fleuve frontalier. D'immenses grues orangées, il en compta douze, fragmentaient l'horizon, découpant le ciel en lamelles verticales. Plusieurs enceintes de béton, légèrement coniques, sortaient de terre en épousant la forme des structures métalliques qui culminaient à une cinquantaine de mètres de hauteur. Il distingua des hommes, casqués, harnachés, travaillant sur les poutrelles supérieures. Une signalisation de chantier l'obligea à s'arrêter pour laisser passer un convoi de camions dont les toupies bleu et blanc bavaient du béton frais, fabriqué dans des silos élevés sur la rive alsacienne du Rhin. Quelques péniches, lourdes sur l'eau, attendaient d'être déchargées de leurs cargaisons de sable, de ciment, de gravier. Accroché au grillage qui ceignait le périmètre du chantier, un calicot battu par le vent annonçait l'achèvement de la première phrase de travaux de la centrale nucléaire de Marcheim pour le troisième trimestre 1979. La petite ville qui avait donné son nom au mastodonte se cachait derrière une forêt de sapins et de chênes, à plusieurs kilomètres de là.

L'inspecteur Cadin gara sa Renault sur la place de la mairie alors que le carillon sonnait la demie de sept heures. Il vint se planter devant les affiches électorales placardées de part et d'autre de l'entrée de l'hôtel de ville. La première liste, intitulée *Défense des Intérêts locaux*, était conduite par un homme d'une soixantaine d'années, Émile Loos, maire sortant, dont la photo, mâchoire carrée, cheveux rares plaqués, sourire appliqué, donnait une idée du programme : développement dans le respect des valeurs et de la tradition. L'entente des formations de gauche avait opté pour un titre à rallonge, *Programme commun pour l'Avenir de Marcheim*, et mêlait des objectifs purement communaux aux grandes orientations politiques comme la nationalisation des groupes bancaires ou la réduction du temps de travail. Une troisième liste venait troubler le jeu bipolaire en vogue dans tout le pays. Elle figurait sous l'appellation *Verts Demain* et axait sa campagne sur l'arrêt immédiat des travaux de la centrale nucléaire, proposant l'organisation d'un référendum sur la reconversion des gigantesques cheminées de refroidissement en cinémas, patinoires, piscines ou cuves à riesling. Elle réclamait également la mise à disposition de vélos municipaux gratuits pour enrayer la progression des gaz d'échappement, l'interdiction des pollutions, sauf nocturnes, ainsi que l'installation d'interrupteurs sur les réverbères afin de préserver l'intimité des amoureux.

Cadin entra dans la salle des mariages derrière un groupe de citoyens impatients. L'urne était posée au milieu d'une table de cantine, sous une fresque représentant des vendanges moyenâgeuses. Les assesseurs commençaient à étaler les registres pour pointer les électeurs venant effectuer leur devoir, tandis qu'une employée disposait les bulletins de vote dans de petits casiers vernis placés près de deux isoloirs tendus de drap noir fourni par les pompes funèbres. Les délégués de listes promenèrent leur air soupçonneux sur le matériel jusqu'à ce que le tintement de la sonnette de l'urne résonne pour la première fois de la journée, à huit heures, et que retentisse la voix du président du bureau.

– A voté !

La même scène venait de se jouer, à l'identique, dans trente-six mille communes métropolitaines. Une écrasante majorité parmi les trente millions d'électeurs inscrits en France allait glisser son choix dans la boîte à secret. L'inspecteur Cadin s'aperçut seulement à cet instant qu'il était chargé d'accompagner une cérémonie républicaine à laquelle il ne participerait pas. Non par dégoût de la chose publique, mais tout simplement parce qu'il était toujours inscrit sur les listes électorales de sa ville natale, et qu'il ne connaissait plus personne d'assez proche, là-bas, pour lui donner procuration.

Il fit connaissance, accepta un café lavasse et s'abîma les yeux, dix, quinze fois, sur les professions de foi des candidats. Les habitants de Marcheim défilaient régulièrement devant la table, habillés en dimanche, dans un silence rythmé par la sonnette du compteur d'opinions. En fin de matinée, il s'accorda une pause au bar de la brasserie Ensingen. Il commanda une bière qu'on lui servit dans un verre décoré d'une décalcomanie de la statue agenouillée qui contemple la pointe de la cathédrale de Strasbourg depuis la plate-forme où l'on se repose, essoufflé et assoiffé, après avoir grimpé les 365 marches de pierre. Près de lui deux types d'une trentaine d'années discutaient vivement, mêlant le français au dialecte alsacien. Ses quelques souvenirs d'allemand scolaire lui permettaient de deviner le sens des échanges.

– Je trouve que c'est normal que les gens soient de plus en plus attachés à leur culture... Pas de racines, pas de fruits...

– Justement, parlons-en des racines... Ton arbre, si tu le plantes juste sur la limite de deux champs, tout le monde se battra au moment de la récolte. On ne peut pas être des deux côtés à la fois...

– Et les Suisses, et les Allemands, tu y penses toi, aux Suisses et aux Allemands ? Ils rachètent tout dans le pays, les usines, les maisons... Ils ramassent les fruits des deux côtés ! Mes deux frères, eux, il faut qu'ils passent la frontière tous les matins, pour aller travailler... Et là-bas, on les traite pire que des Turcs...

– Parce que tu crois que tu vas régler le problème en chantant du Bob Dylan en alsacien, comme Sido Gall ? Tu parles d'une « bolidik » ! Qu'est-ce que tu en penses, toi Richard... Ton fils fait bien partie de cette équipe de hippies ?

La question atteignit le patron alors qu'il s'était approché pour refaire le plein des deux bocks. Impossible pour lui de se défiler.

– Il fait ce qu'il veut, il est majeur... L'apprentissage de l'alsacien à l'école, ce n'est pas ce qui me gêne... On n'a jamais parlé que ça, à la maison. Non, c'est tout ce qu'ils racontent contre Émile, à cause de la centrale... Comme si le maire d'un bled de même pas cinq mille habitants pouvait s'opposer au ministre de l'Énergie, aux ingénieurs de l'E.D.F. et à la hausse du prix du pétrole !

– Surtout que les travaux, ça fait marcher le commerce...

Le patron de l'Ensingen haussa les épaules, pour marquer son dédain, et fila se saisir au passe-plat de la portion de cervelas pommes vinaigrette que Cadin avait commandée. L'inspecteur quitta la brasserie après le générique du journal de treize heures, alors que Roger Gicquel annonçait que la participation s'établissait à près de vingt-cinq pour cent, en forte progression sur le scrutin précédent. La journée s'étira. Seuls deux petits événements vinrent troubler le morne ennui qui pesait sur la salle des mariages : la visite d'Émile Loos, le tenant du titre, puis le malaise, dans l'isoloir, de la doyenne de Marcheim, Madeleine Bopp. Le secouriste qui l'avait vivement ranimée ne s'était pas privé de jeter un coup d'œil au bulletin qu'elle s'apprêtait à glisser dans son enveloppe, et diffusait la nouvelle avec des mines de conspirateur : la presque centenaire votait rouge !

La fièvre qui accompagne les grands événements commença à se faire sentir après les vêpres. Des groupes, une bonne centaine de personnes au total, se formaient au fond de la salle. Les plus courageux aidèrent à disposer les tables et les chaises, pour le dépouillement, sous le regard vigilant du président de bureau qui, à dix-huit heures précises, demanda le silence.

– Mesdames, Messieurs. Conformément à la loi, je déclare que le scrutin pour les élections municipales de Marcheim de mars 1977 est clos.

Il ouvrit l'urne, la renversa, et ses assesseurs plongèrent des deux mains vers le flot d'enveloppes bleues qu'ils répartirent rapidement en une vingtaine de tas de cent. Les paquets furent ensuite distribués sur les tables des volontaires qui les recomptèrent avant de se mettre à en découvrir le secret. Cadin vint se placer derrière un type vêtu d'une chemise western dont les cheveux battaient les épaules. Au bout de ses doigts légèrement fébriles ne naissaient que des bulletins aux couleurs d'Émile Loos. En bout de table, une jeune femme traçait des bâtons dans les colonnes qui divisaient la feuille posée devant elle, et fut bientôt en mesure de comptabiliser le résultat du premier cent. Le maire sortant recueillait la moitié des suffrages, suivi des écologistes avec trente-cinq voix contre treize pour l'Union de la Gauche. Deux électeurs avaient voté nul.

Des exclamations montèrent soudain autour de la deuxième table. Cadin suivit le petit mouvement de foule. Le dépouillement du « cent » initial donnait là cinquante-six voix à la liste verte, moins de trente pour Émile Loos et douze à la coalition socialo-communiste. On pouvait lire les opinions sur les visages penchés au-dessus de la table : à l'euphorie des antinucléaires répondait l'abattement des défenseurs des intérêts locaux. Tout au long de l'heure qui suivit, la balance ne cessa de pencher alternativement d'un côté puis de l'autre. Les observateurs alignaient les chiffres, confrontaient les résultats de leurs additions dans une ambiance de plus en plus électrique. Les sondages nationaux diffusés par la radio indiquaient une forte progression de la gauche unie ainsi que la naissance d'une sensibilité écologiste et régionaliste à Paris, en Bretagne, en Alsace. À un moment Cadin se retrouva au coude à coude avec le patron de la brasserie d'Ensingen.

– C'est drôlement serré, cette fois !

– On dirait, oui... Il va y avoir photo, et votre fils risque d'être élu...

– Ne parlez pas de malheur !

Le silence s'installa quand le président du bureau grimpa les trois marches de l'estrade au-dessus de laquelle était accroché un tableau noir. Il se saisit d'une craie et se mit en devoir de calligraphier les chiffres qu'il lut sur un morceau de papier quadrillé :

« Élections municipales de Marcheim. Premier tour. Sièges à pourvoir : 13.

Électeurs inscrits : 1 906

Votants : 1 664

Nuls : 30

Exprimés : 1 634

Liste n° 1, *Défense des Intérêts locaux*, conduite par Émile Loos, maire sortant, moyenne de liste 670 voix, 0 élu.

Liste n° 2, *Programme commun pour l'Avenir de Marcheim*, conduite par Gérard Müller, moyenne de liste 220 voix, 0 élu.

Liste n° 3, *Verts Demain*, conduite par Francis Bischop, moyenne de liste 744 voix, 13 élus. »

La tradition voulait que le maire en exercice prenne la parole pour un bref commentaire, mais tétanisé par les chiffres qui mettaient fin à vingt années de pouvoir sur sa ville, Émile Loos venait de tourner les talons pour aller s'enfermer dans son bureau. Ses partisans ne savaient que faire ; ils s'étaient regroupés près de la double porte que venait de franchir leur chef, comme pour en interdire le passage à des successeurs illégitimes. Ceux-ci faisaient penser à ces gagnants du gros lot de la Loterie nationale assommés à l'annonce de leur soudaine fortune. Ils eurent besoin de plusieurs minutes pour accepter la réalité, en tirer les conséquences. Les cris fusèrent, puis les chants. Une ronde folklorique s'improvisa tandis que Francis Bischop, un géant barbu habillé d'un chandail avachi passé sur un pantalon de velours côtelé, prenait place derrière le micro installé pour Loos.

– Dans son numéro du 8 mars dernier, le quotidien *L'Alsace* écrivait que : « Depuis l'ouverture du chantier de la centrale nucléaire de Marcheim, les remous et les prises de position suscités par ce projet se sont apaisés. D'autant que certaines garanties propres à calmer les inquiétudes ont été données et que d'autres sont attendues. » J'espère que le citoyen Hirsinger, qui a signé ce papier mémorable, est ce soir parmi nous... L'E.D.F. a toujours prétendu que les centrales deviennent indispensables parce que les gens consomment de plus en plus d'électricité. C'est leur faute, aux gens : ils veulent toujours plus de brosses à dents électriques, de grille-pain à l'amiante, de coussins chauffants, de vibromasseurs... Nous sommes les seuls à poser cette question : mais qui pousse, par une publicité acharnée, les humains à électrifier tous leurs gestes?...

Une centaine de voix hurlèrent « E.D.F. », à l'unisson. L'inspecteur Cadin goûta au tokay biologique qu'un des colistiers offrait pour fêter la victoire. Il stationna un instant près du troisième candidat à la magistrature, Gérard Müller, qui soulignait à ses proches la démagogie irresponsable des vainqueurs, puis il se retrouva de nouveau près du patron de la brasserie. Ils trinquèrent.

– Qu'est-ce que vous allez faire, le déshériter?

Le père Wurtz but une gorgée, apprécia le travail du vigneron et haussa les épaules.

– Pour un vin de Vert, il faut reconnaître qu'il n'est pas mauvais... Le fiston, je ne suis pas plus d'accord avec lui maintenant que tout à l'heure... Mais un Wurtz conseiller municipal, ce n'est pas tous les jours qu'on voit ça! À la vôtre!

3.

Les cotisations des adhérents

Avant de regagner Strasbourg, l'inspecteur Cadin fit un crochet par la zone portuaire, à la recherche d'un souvenir d'hiver. Il était passé là, une nuit de décembre alors que le givre saisissait le paysage. Il revoyait les arbres pétrifiés et les cristaux brillants épousant les losanges du grillage, tout le long du bassin Graff. Et cette fille, près de lui, qui fredonnait un volkslied aussi doux que la première neige.

Près de l'usine à gaz, dans la lumière crue des projecteurs, des ouvriers en cuissardes arrosaient au jet des montagnes d'écorce d'arbres, pour contrarier la fermentation. L'autoradio égrenait les résultats des élections dans les grandes villes. Les commentateurs n'en finissaient pas de s'interroger sur Paris où la division de la droite, entre Chirac et d'Ornano, pouvait permettre une victoire-surprise des partisans du Programme commun. Rien de tel dans la capitale alsacienne qui venait de confirmer son ancrage chrétien-démocrate en réélisant Pierre Pflimlin dès le premier tour. Au lieu de rentrer directement par les quais, il traversa le pont d'Anvers et fila droit sur la place

Kléber. Personne n'avait ressenti le besoin de sortir dans la rue pour manifester sa joie, et il se fit la réflexion qu'au même titre que les douleurs, les grands bonheurs sont souvent muets.

Le vent d'ouest avait apporté la pluie pendant la nuit, et Cadin prit la Renault pour se rendre au commissariat de la Nuée-Bleue. Il était à peine entré que l'inspecteur principal Gossen lui fonçait dessus, l'air préoccupé.

– Je vous trouve enfin, Cadin...

– Je fais partie de la deuxième équipe...

Il lui tapota l'épaule.

– Ce n'est pas ce que je voulais dire. On a besoin de vous... J'ai essayé de vous téléphoner mais personne n'a votre numéro...

– C'est normal, il n'est pas encore installé...

– En effet, c'est une bonne raison.

Il redevint grave.

– On a eu un pépin dans le service... Brüner et Zarka se sont payé un tonneau sur l'autoroute en revenant d'Ostwald au petit matin...

– Qu'est-ce qu'ils ont ? C'est sérieux...

– Ils sont à Pasteur. Zarka s'en sort avec une jambe cassée, mais Brüner aligne trois côtes fêlées et un traumatisme crânien. On ne les reverra pas avant un mois, s'il n'y a pas de complications.

Bien que ne nourrissant aucune sympathie particulière pour ses deux collègues, Cadin promit d'aller leur rendre visite.

– Ce n'est pas pour ça que je vous attendais. Le boulot nous arrive dessus par paquets. Un braquage à l'Homme-de-Fer, un incendie avec blessés rue du Jeu-des-Enfants, une bagarre rangée à la Robertsau... Tout le monde est sur le pont. Ça tombe d'autant plus mal que je dois accompagner le commissaire Brück à la préfecture... Et là, à l'instant, on vient de recevoir un coup de fil de Marcheim...

Cadin sursauta.

– Marcheim ?

– Vous connaissez ce bled paumé ?

– Depuis hier... J'ai passé toute la journée là-bas, pour suivre les élections. Qu'est-ce qui s'est passé ?

Gossen s'approcha du guichet et fit tourner vers lui le registre des mains courantes.

– Voilà... C'est un chef d'équipe qui bosse sur le chantier de la centrale nucléaire. Ils ont retrouvé un de leurs ouvriers mort... Il faudrait aller sur place faire les constatations. Il n'a rien dit à ce sujet, mais à tous les coups ce doit être un accident du travail...

– Très bien, j'y vais. Il s'appelle comment le type qui a téléphoné ?

– Gérard Müller...

– Je le connais aussi ! Il se présentait à gauche et il s'est fait étaler...

– Si vous connaissez tout le monde, vous ne devriez pas en avoir pour très longtemps. Bonne chance.

L'inspecteur Cadin reprit la route de la veille, encombrée cette fois par les innombrables camions qui livraient les zones commerciales. À mi-chemin, des gendarmes filtraient le trafic le temps qu'une dépanneuse redresse un véhicule militaire renversé dans le fossé. Il se présenta à l'entrée du chantier de la centrale alors que la pluie redoublait. Il fit glisser la vitre pour agiter sa carte tricolore devant le nez du gardien.

– Inspecteur Cadin. Je viens pour l'accident...

Le type, engoncé dans un ciré jaune luisant, retourna vers la guérite pour téléphoner, puis la grille coulissa sur son rail.

– C'est tout au fond, entre les grues 6 et 7. On vous attend.

La voie de desserte, de massives plaques de ciment bordées de bidons d'huile ou de fuel lestés de béton, filait droit sur les cheminées en construction, au milieu d'un océan de boue envahi par les bulldozers. Deux hommes se tenaient près d'une impressionnante tractopelle dont les pneus à empreintes profondes arrivaient à hauteur des casques orangés. Cadin se gara devant les dents acérées de l'outil. Il reconnut tout de suite le candidat de la liste de gauche, croisé la veille à la mairie, et lui tendit la main.

– Gérard Müller ? C'est bien vous qui nous avez avertis...

Le chef de chantier ne manifesta aucune surprise, visiblement habitué à être reconnu grâce aux affiches à son effigie placardées dans la ville. Il posa une main sur l'épaule de l'ouvrier qui l'accompagnait.

– Oui, le corps est ici... C'est Antonio qui l'a découvert quand il a voulu mettre en marche cet engin pour racler la végétale avant de couler une dalle... C'est de la bonne terre, elle est revendue à un pépiniériste...

Ils contournèrent le Caterpillar en barbotant dans la glaise visqueuse qui aspirait les chaussures légères de Cadin. Le corps gisait sur le ventre, légèrement recroquevillé, le visage planté dans la boue entre les deux énormes roues arrière de la tractopelle. L'ouvrier posa le bout de sa botte sur le marchepied.

– Il faisait encore nuit quand j'ai pris le travail. J'allais grimper dans la cabine... Un peu plus je ne le voyais pas... Je suis redescendu pour voir s'il était blessé... Je l'ai secoué, mais il ne bougeait pas du tout... Après j'ai couru jusqu'à la baraque des chefs, pour prévenir M. Müller...

Cadin s'agenouilla près du cadavre.

– Vous savez qui c'est ?

Le chef d'équipe se pencha pour répondre.

– Non, il est dans la position où Antonio l'a trouvé... On n'a touché à rien...

L'inspecteur posa le doigt sur la veine jugulaire, pour vérifier si le sang circulait encore, puis il saisit le col de la veste d'une main, agrippa de l'autre l'épaule du mort pour le retourner. Il y eut un écœurant bruit de succion. Le visage, pris dans une gangue de glaise, avait des allures de masque indien que l'eau se chargeait de dissiper. Cadin accéléra le travail des éléments à l'aide de Kleenex pelucheux pêchés au fond de ses poches. Soudain Gérard Müller poussa une exclamation.

– C'est pas possible ! On dirait Alain... Qu'est-ce qu'il foutait dans le coin ? Ce n'est pas son secteur, il n'avait rien à faire là...

L'inspecteur enregistra les informations sans réaction apparente, l'essentiel de son attention capté par la large tache d'un brun délavé qui se mêlait à la boue, à hauteur du cœur. Il souleva le pan de veste, repérant le trou dans le tissu, de la grosseur d'un bouton de chemise, et l'autre, au même endroit sur le tee-shirt. Il se remit debout tout en continuant à regarder le visage du mort, un type d'environ vingt-cinq ans.

– Ce n'est pas un accident, on lui a tiré dessus. Il faudrait le recouvrir avec une bâche en attendant l'arrivée de l'Identité judiciaire. Et si possible interdire tout mouvement d'engins dans un périmètre de deux cents mètres. C'est qui exactement, cet Alain ?

Müller eut besoin de quelques instants pour accepter la réalité. Il grappilla plusieurs secondes supplémentaires en demandant à Antonio d'exécuter les ordres de l'inspecteur.

– Alain Dienta... Il bossait à l'autre bout du chantier, dans l'atelier de soudure. On a discuté ensemble pas plus tard qu'hier soir, dans la salle des mariages de la mairie...

– Vous le connaissiez bien, vous étiez copains ?

– Pas vraiment, on est près de six cents sur le site... On se croisait deux ou trois fois la semaine. Surtout en début de mois quand il venait ramasser les cotisations des adhérents de son syndicat...

Cadin fronça les sourcils.

– Il s'occupait de quel syndicat ?

– Pas le même que le mien... Lui c'était la C.F.D.T. On ne se parlait pas trop.

Une bourrasque de vent chargée de fins grêlons leur cingla le visage. Ils coururent se réfugier dans un Algeco posé sur d'épaisses traverses, entre deux montagnes de terre dégoulinante. Dès qu'il fut à l'abri l'inspecteur tenta de réchauffer ses doigts gourds en soufflant dessus ; les jambes trempées de son pantalon collaient à sa peau, l'eau ruisselait sur ses cheveux et passait sous son col relevé. Il essaya de décrotter ses chaussures en les frottant sur le bout de moquette qui servait de paillasson, sans résultat. Il se laissa envahir quelques instants par la sensation de brûlure sur le visage, avant de décrocher le téléphone mural pour composer le numéro de la Nuée-Bleue. Le légiste et les gars de l'Identité judiciaire étaient sur le départ. Gérard Müller lui tendit un gobelet qu'il venait de remplir à une thermos de café.

– Merci. Vous l'avez vu quand pour la première fois ?

– Hier soir, entre dix et onze dans la salle des mariages de la mairie. Après le dépouillement... Je me suis présenté aux élections et lui aussi. Il figurait en quatrième ou cinquième position sur la liste écologiste...

– Celle qui a été élue dès le premier tour ?

Müller, surpris, hocha la tête.

– Oui, en effet. Vous êtes au courant ?

– J'ai passé toute la journée du dimanche à Marcheim. J'étais de permanence. Vous êtes absolument certain qu'il était là ?

– Je suis du bourg et lui de la campagne, mais on se connaît depuis toujours. Je suis allé le féliciter pour son succès... On a trinqué ensemble...

Cadin se moucha discrètement. Il chercha une poubelle des yeux, et finit par glisser le Kleenex imbibé dans sa poche de veste.

– C'est curieux quand on y pense... Un écolo qui bosse sur le chantier d'une centrale nucléaire, non ?

– Il y a bien des antimilitaristes dans les arsenaux, et des végétariens éleveurs de moutons... Les pauvres n'ont pas le choix...

Fournier, le légiste, se montra en fin de matinée, sa mallette à la main.

– Je ne vous attendais plus...

– On ne fait pas ce qu'on veut ! J'ai été obligé de m'arrêter à Graffenstaden...

– Il y a eu un problème ?

– Pas vraiment... Un type qui ne répondait plus à ses voisins depuis trois jours... Quand les pompiers ont défoncé la porte, l'appartement était rempli d'oiseaux. Des tourterelles, des pigeons, des perruches, des fauvettes, des pinsons, un toucan... Une vraie volière ! Le gars était au milieu de la pièce principale, pendu au lustre, et ses épaules servaient de perchoir aux volatiles... On ne sait toujours pas pourquoi il a ouvert les cages avant de se suicider...

Le toubib souleva le linceul de fortune, procéda à une série d'examens de routine puis se redressa devant Cadin qui tenait un parapluie au-dessus du cadavre.

– Le tissu est cramé autour de l'orifice... Une balle à bout touchant dans la région du cœur. Je peux déjà vous dire que le coup a été mortel. Vous m'envoyez le colis dès que le photographe lui aura tiré le portrait...

Il jeta un regard circulaire sur le chantier qui virait au marécage, avant d'ajouter :

– Je ne pense pas que vous trouverez grand-chose dans ce cloaque... La pluie a effacé toutes les traces...

Gérard Müller plaça deux ouvriers de son équipe près de la pelleteuse, avec pour mission d'attendre les collègues de Cadin, puis il convoya l'inspecteur jusqu'à la grande ferme sauvegardée qui abritait la direction opérationnelle du chantier. Ils longèrent les anciennes écuries transformées en atelier de dessin industriel, et s'engagèrent dans un dédale de couloirs formés par des cloisons mobiles qui contournaient les chais. Müller s'arrêta au pied d'un escalier en chêne massif.

– Les bureaux sont là-haut... Je vous laisse, il faut que je retourne sur place.

4.

L'Indien

C'est grâce à ses états de service trentenaires dans l'armée que Gabriel Louboutain avait été choisi par E.D.F. pour diriger l'ensemble des personnels de tous les corps de métier qui s'activaient sur le chantier. Spécialiste de la logistique, il avait, jeune homme, participé à la campagne d'Allemagne avant de s'illustrer en Indochine, en Algérie. La retraite lui était tombée dessus deux ans auparavant, au Tchad, alors que les troupes françaises, dont il assurait le vivre et les munitions, le couvert et l'essence, venaient d'installer le dictateur intérimaire Félix Malloum aux commandes du pays. Louboutain était un petit homme au teint bilieux, sec comme un coup de trique, qui, pour regarder ses interlocuteurs de haut, leur assignait une chaise mollassonne aux pieds écourtés tandis que lui se hissait dans un fauteuil réglé au maximum.

Cadin laissa traîner son regard sur les photos d'opérations héliportées posées devant les tranches des classeurs, sur les étagères, ainsi que sur les souvenirs de casernements : divinités sculptées dans l'ivoire, masques d'ébène, cuivre repoussé. Il sortit son calepin pour relire les notes délavées par la pluie.

– J'aurais besoin de regarder de près le dossier professionnel de ce dénommé Alain Dienta... C'est possible ?

– Il s'agit d'une pièce confidentielle...

– Je sais bien... Un juge d'instruction va être désigné d'ici quelques heures pour diriger cette enquête, et c'est une des premières choses que je lui demanderai... J'aurai une commission rogatoire dans l'après-midi. Mon seul souci, c'est de gagner du temps. Il n'y a rien de plus appréciable quand on piste un meurtrier...

Le chef du personnel écrasa la plus grosse touche de son interphone.

– Apportez-moi le dossier de l'Indien, immédiatement.

Cadin fronça les sourcils à l'énoncé du sobriquet.

– L'Indien ! Vous l'appeliez de cette manière à cause des syllabes centrales de son nom, Alain Dienta ?

– Pour ça et pour autre chose... Comme presque tous les ouvriers présents sur le site, il a été directement embauché par Paris. Ici on n'a traité qu'à partir de l'encadrement intermédiaire. Quand il est arrivé, je l'ai immédiatement repéré... Des cheveux jusqu'au milieu du dos, bracelet de cuir, chemise mauve, enfin vous voyez le genre...

Cadin trouva la force d'un sourire faux cul.

– J'imagine...

Une secrétaire entra et traversa la pièce à la manière d'une souris, sans bruit. Elle posa un dossier sur le bureau puis disparut sans que Louboutain lui adresse le moindre regard, le moindre mot.

– Si on laisse ce genre de chose s'installer, c'est le début de la fin. Nous n'en sommes qu'au gros œuvre, mais nous appliquons déjà les règlements régissant les installations « spéciales ». L'autorité doit être visible et dépourvue d'état d'âme. Je lui ai conseillé, ainsi qu'à quelques autres, de changer de tenue, ce qu'il a fait sans rechigner.

– On m'a dit qu'il s'occupait de questions syndicales...

– Qui est-ce qui vous a raconté ça ? C'est Müller, non ?

– En effet, il m'en a touché un mot...

– Ça ne m'étonne pas, ils font la paire tous les deux. Un contremaître cégétiste et un soudeur cédétiste ! Alain Dienta s'activait pas mal pour son syndicat mais en faisant toujours attention à ne pas franchir les limites légales. Il respectait son nombre d'heures de délégation, demandait les autorisations pour les réunions, les distributions. Je n'ai jamais pu le coincer...

L'inspecteur Cadin releva la tête.

– Le coincer ? Sur quoi, par exemple ?

– Sur n'importe quoi ! Avec Müller et ceux qui le suivent, la règle du jeu est respectée... On avance sur un terrain balisé : augmentations de salaire, embauches supplémentaires, amélioration des conditions de travail. Tandis qu'avec l'Indien, c'était imprévisible. Il ouvrait des pistes et nous obligeait à les suivre ! Il s'est fait élire au comité d'hygiène et de sécurité. C'est une commission qui, normalement, discute de l'attribution des chaussures de sécurité, du remplacement des carreaux cassés et autres conneries de ce genre... Il en a fait un abcès de fixation destiné à développer ses théories fumeuses sur les risques du nucléaire civil. Peu à peu, il a réussi à amener un groupe d'une vingtaine d'ouvriers à remettre en cause le procédé de refroidissement par eau.

Gabriel Louboutain fit glisser son fauteuil en lui imprimant deux ou trois secousses des reins. Il prit une chemise cartonnée posée sur une étagère.

– Tenez, j'ai gardé un exemplaire de chacun des tracts qu'il a fait distribuer. Il raconte n'importe quoi là-dedans, mais ça n'a pas empêché les gars de son groupe d'organiser une dizaine de débrayages ainsi qu'une grève de vingt-quatre heures, il y a trois mois. Si ça vous intéresse...

Cadin feuilleta rapidement les papiers ronéotés. Il vit défiler sous ses yeux les noms de Three Miles Island, Bikini, Mayak, Windscale, Idaho Falls, et ceux plus mystérieux encore de Xénon 133, Iode 131, Césium 137.

– Je lirai tout cela avec attention... Pour en revenir aux grèves, c'est un peu le rôle des syndicalistes...

– Je crois que dans la police c'est un droit que vous n'avez pas, et j'ai la faiblesse de penser que tout irait mieux si c'était le cas partout. J'admets qu'on rechigne, qu'on revendique. Le problème avec l'Indien c'est qu'il remettait en cause la centrale ! Il voulait tout arrêter. Je suis tenu par un planning aussi serré qu'une robe de mariée : tous les contrats sont passés au forfait, et le moindre retard nous coûte une fortune. Son travail de sape portait ses fruits. Huit communes des environs ont voté des arrêtés de défiance envers la centrale, deux d'entre elles ont interdit le passage des camions sur leurs territoires, une autre ne veut pas prendre de dispositions pour libérer les terrains destinés à l'implantation des pylônes électriques... Ils ont gobé cette légende selon laquelle les champs magnétiques seraient responsables de certains cancers... Et hier, l'apothéose ! La ville la plus importante du secteur qui passe entre les mains de ces irresponsables...

– Vous croyez que l'assassinat de Dienta a quelque chose à voir avec l'élection de sa liste à Marcheim ?

Le chef du personnel frotta l'arrière de son crâne sur le cuir du fauteuil.

– Je l'ignore totalement. Nous avions étudié toutes les éventualités pour faire face le plus intelligemment possible. Une municipalité écologiste pouvait retarder les dossiers, introduire des recours, mais en aucun cas elle n'avait assez de surface pour revenir sur des décisions d'intérêt national engageant l'autorité de l'État... D'après nous, son action devait se limiter à une guérilla administrative. Nous n'avions pas d'angoisses particulières... Rassurez-vous, le coupable ne se cache pas dans l'un de ces bureaux, l'E.D.F. respecte les choix démocratiques.

Cadin hochait la tête pour approuver, tout en se disant qu'il en faisait trop.

– J'ai noté, tout à l'heure, que Dienta influençait une bonne dizaine d'ouvriers. Vous savez s'il existait une organisation ?

– Leur liste électorale en est une, bien que tous ceux qui y participent ne soient pas à mettre dans le même sac... À côté des idéologues on trouve des idéalistes, des naïfs, ceux qu'on surnomme les idiots utiles... Sinon Dienta écrivait des articles dans une feuille régionale, *Klapperstei 68*... La rédaction est à Mulhouse, rue de la Sinne.

– Klapperstei ? Qu'est-ce que ça veut dire ?

– Je n'en sais fichtre rien, moi l'alsacien...

L'inspecteur s'extirpa de sa chaise molle. Il s'approcha pour rassembler les documents que Louboutain avait posés sur le bord du bureau.

– Je vous remercie pour tout... Une dernière chose,

est-ce que vous avez une idée sur celui ou ceux qui auraient eu intérêt à supprimer l'Indien ?

– C'est très compliqué, il avait pas mal d'ennemis... Mais si j'avais un conseil à vous donner, je vous dirais de fouiller du côté de ses amis politiques... Vous serez surpris.

La pluie avait cessé quand il quitta l'ancienne ferme, laissant derrière elle un ciel d'un gris plombé. Des bourrasques de vent giflaient les murs, les arbres, les visages. Il contourna l'aire de stationnement des engins de terrassement, courbé en deux par la violence des rafales, grelottant. Il trouva les caravanes à l'endroit précis indiqué par la secrétaire de Louboutain, après une plate-forme de terre rabotée, à quelques mètres d'un alignement de peupliers miraculés. Les sigles des organisations étaient inscrits au pochoir, à la peinture minium sur les portes blanches. Il se dirigea droit sur le local itinérant de la C.F.D.T.

Paul Bauman passait l'essentiel de son temps à s'occuper des problèmes des autres. Le nombre d'adhérents à la section du chantier lui avait permis de raccrocher le bleu, et, s'il se disait toujours « coffreur », la vérité aurait voulu qu'il affiche sur son curriculum vitae, profession : permanent. Il se tenait engoncé dans un coin de la caravane, derrière une planche sur tréteaux qui lui servait de bureau. Il broya consciencieusement la main que Cadin lui tendit avant d'inviter l'inspecteur à s'asseoir. L'assassinat de Dienta l'avait visiblement affecté. Dans un premier temps il ne parvint pas à répondre aux questions autrement que par oui ou par non. Oui il avait vu son camarade le soir précédent, à la mairie, pour la dernière fois, non il ne lui connaissait pas d'ennemis, non il ne partageait pas toutes ses opinions... Cadin éprouva vite les limites de l'échange.

– Écoutez, on va arrêter de jouer à cache-tampon. Je ne vous demande pas de remplir un questionnaire en cochant des cases : je tente de rassembler le maximum d'informations sur Alain Dienta, et vous êtes censé me fournir toutes celles que vous possédez. C'est clair ?

Paul Bauman plissa les yeux. Les rapports du syndicat et de la police se bornaient aux rencontres obligées avec les inspecteurs des Renseignements généraux quand il fallait mettre au point le parcours d'une manifestation. Bauman était comptable d'une éducation militante où le contact officieux le plus insignifiant avec un représentant de la place Beauvau pouvait faire naître une réputation de balance, de vendu, dont on ne parvenait plus jamais à se défaire. Là les choses se présentaient de manière différente. Il fallait au contraire collaborer pour ne pas offrir à la police trop d'occasions de mettre son nez dans les affaires des organisations ouvrières.

– Alain Dienta a rejoint notre section syndicale dès son embauche sur le chantier. Un bon gars, mais anar sur les bords... C'était la première fois qu'il s'engageait dans un mouvement, et il a eu du mal à s'intégrer, à comprendre qu'il ne suffit pas d'avoir raison pour que tout le monde suive... Qu'il faut convaincre... Il s'y est fait. C'est même devenu un de nos éléments les plus dynamiques... Il a été élu au comité d'hygiène et de sécurité, mais malheureusement, depuis la création de la liste écologiste, Verts Demain, son action prioritairement antinucléaire nous posait un énorme problème...

– Il était le seul du chantier à s'être présenté ?

– Sur cette liste-là, oui... Gérard Müller, le responsable de la C.G.T., s'est mis sur les rangs pour l'Union de la Gauche...

– Et qu'est-ce qui vous dérangeait ?

Paul Bauman se pinça le nez et expira fortement.

– Nous avons une position de principe réservée sur l'énergie atomique... Principalement sur la question des déchets. Personne ne sait qu'en faire, et aucune des solutions de stockage ou de retraitement n'est fiable... Ce qu'il faut voir, c'est qu'une bonne moitié des gars qui travaillent ici est originaire de la région, et que l'autre moitié se compose aux deux tiers de recyclés de la sidérurgie lorraine et d'un tiers d'immigrés...

– Je ne vois pas le rapport avec l'Indien...

Le responsable du syndicat incurva ses sourcils à l'énoncé du surnom.

– La construction d'une centrale de ce gabarit représente plusieurs années de travail, sans compter la maintenance. En période de récession, c'est pratiquement vécu comme du fonctionnariat ! Lutter bille en tête contre un pareil équipement, c'est s'en prendre à leur avenir...

Un coup de vent fit tanguer la caravane, et l'inspecteur tourna la tête et regarda les peupliers qui se courbaient pour épouser le souffle.

– L'équipe dont il faisait partie a été élue, hier. C'est bien la preuve qu'ils étaient suivis...

– Pas si vite... La grande majorité des ouvriers ne votait pas à Marcheim... Quelques dizaines tout au plus... Ce sont les paysans du secteur qui ont mis un bulletin vert dans l'urne : il y a un an toutes leurs vignes ont été arrachées au bulldozer, les fermes détruites, tandis que les indemnisations tardent à venir... Alain avait de l'influence sur de très jeunes ouvriers et sur un petit groupe de cultivateurs reconvertis dans le bâtiment. Ce sont même eux les plus virulents. Ils ont perdu leur liberté, leur mode de vie traditionnel, et en plus ils doivent obéir à des petits chefs arrogants... Chez eux la révolte suinte de partout...

– Vous vous y preniez comment pour concilier tous ces points de vue ?

– Si vous croyez qu'on a le temps de réfléchir à des stratégies ! On fait comme on peut, au jour le jour... Tout se règle en marchant. On s'aperçoit du problème quand ça clashe. Quand Alain s'est mis à défendre l'idée de stopper la construction de la centrale, j'ai réuni tous les délégués. On s'est engueulé copieusement sans pouvoir prendre d'autre décision que celle de convoquer une assemblée générale des militants. Avec les adhérents de base, ça n'a pas traîné, ils n'enfilent pas une aiguille avec des gants de boxe ! L'Indien a été mis en minorité. Il en a tiré les conclusions et m'a rendu son mandat de délégué. Il voulait déchirer sa carte mais on a réussi à l'en dissuader.

L'inspecteur Cadin quitta la caravane après que Bauman eut reçu un coup de téléphone confirmant que les collègues d'Alain avaient décidé de lui rendre hommage en arrêtant le travail pendant un quart d'heure, en fin de matinée. Ses pas croisèrent ceux de Gérard Müller qui s'apprêtait, casqué, botté, à grimper dans son local sur roues.

– Je viens de passer un moment avec le responsable du syndicat adverse, et je me faisais la réflexion que l'action antinucléaire de l'Indien devait sacrément vous arranger...

– J'ai l'impression que votre analyse est un peu rapide, inspecteur. Sans la liste verte nous avions une chance de partager le pouvoir à Marcheim, et ça aurait modifié la donne sur le chantier...

– Je pensais seulement à ce qui se passe ici...

Müller souleva son casque pour se gratter le crâne.

– Tout est imbriqué... Si vous croyez que je me réjouissais des problèmes rencontrés par Bauman, vous vous trompez lourdement. J'estime qu'il a fait ce qu'il fallait faire vis-à-vis de Dienta. La fraction écolo de son syndicat nous mettait des bâtons dans les roues sur le plan local et régional... J'avais du mal à retenir mes gars, dans les manifs, quand leur bande dépliait des banderoles réclamant le gel des travaux... Comment vous pouvez demander à des pères de famille de supporter des slogans exigeant la suppression de leur gagne-pain !

Le chef d'équipe ouvrit la porte arrondie de la caravane.

– Entrez, on va finir par attraper la crève...

Cadin déclina l'invitation.

– On aura l'occasion de se revoir... Une dernière chose, vous croyez que l'assassinat de l'Indien ait quelque chose à voir avec son activité syndicale ?

Gérard Müller se figea sur place et planta son regard dans celui de Cadin.

– Je crois que vous faites fausse route, inspecteur. Chez nous, les conflits, ce n'est pas comme ça qu'on en vient à bout... Et quand des syndicalistes se font tuer dans l'exercice de leurs fonctions, c'est toujours des gens de chez vous qui sont au bout du flingue.

5.

Le pavé qui parle

L'inspecteur Cadin quitta le chantier de la centrale en milieu d'après-midi après avoir recueilli les déclarations des proches compagnons de travail d'Alain Dienta, ainsi que les dépositions des membres de l'équipe de surveillance du site. Il avait pu établir que l'Indien s'était rendu sur place en voiture, vraisemblablement entre six et sept heures du matin, et qu'il avait laissé son véhicule sur l'ancien chemin de halage, près de la centrale béton : le conducteur d'un camion-toupie avait aperçu la Simca 1000 lors de sa première rotation. L'Indien était très certainement entré sur la zone au moment du changement d'équipe, mais personne ne pouvait en témoigner. Cadin comptait rencontrer les nuitards lors de leur embauche, vers onze heures du soir.

La Renault, gorgée d'humidité, toussota, s'étouffa. Il parvint à démarrer au dixième coup de clef. Il écrasa l'accélérateur en restant sur place pour chauffer le moteur, le câblage électrique, et ne pas risquer de caler au milieu de l'océan de boue à quoi se réduisait le morceau de nationale et ses bas-côtés. En arrivant à proximité de l'échangeur, il se retrouva bloqué dans le couloir de gauche qui filait sur Mulhouse. La voie rapide, dépourvue d'échappatoires, le conduisit jusqu'aux faubourgs industriels de la ville au moment de la sortie des mineurs de potasse dont il suivit le cortège de vélos et de mobylettes jusqu'aux cités. Le local de la rue de la Sinne était fermé. Un bombage poétique courait sur la façade :

Sur les rotatives de la nuit
La forêt écartelée gémit
Dans sa pâte métamorphosée
En bande de papier conditionnée.

Une affichette punaisée sur la porte avertissait les visiteurs que l'équipe de *Klapperstei 68* était réunie à la brasserie Stöerkel, rue du Sauvage. Il s'y rendit à pied, par les petites rues du centre-ville. L'établissement, bas de plafond, était composé de deux salles séparées par le bar et l'avancée des cuisines. Le comité de rédaction du journal occupait la deuxième partie dont les murs s'ornaient d'une fresque d'inspiration villageoise, obscurcie par la graisse et les fumées. Cadin s'installa sur une banquette de coin, près d'un dessin de Tomi Ungerer représentant l'image traditionnelle de l'Alsacienne avec son chapeau à larges oreillettes et ses lourdes tresses couleur de blés mûrs. Le seul problème était que le visage se résumait à une tête de mort que légendaient ces simples mots : « Nucléaire non merci ! » L'inspecteur commanda une Schutzlager, s'adossa à la moleskine, les yeux mi-clos, et tout en sirotant sa bière observa la bande d'énergumènes à qui Alain Dienta, selon le chef du personnel Louboutain, fournissait des articles. Il y avait une dizaine de types aux cheveux plus longs les uns que les autres, barbus pour la moitié, et deux femmes dont l'une aurait pu être la mère de l'autre. Un patriarche, le visage entouré d'une broussaille de poils blancs, présidait les travaux et rongeait son frein en alignant des dessous de bocks devant lui. Il finit par se décider à interrompre un gaillard qui traitait le ministre de l'Intérieur de schizophrène et de paranoïaque à cause du énième procès qu'il leur intentait.

– Oui bon, mais alors, c'est bien beau tout ça...

L'accroche ne devait pas être de la première jeunesse car elle fit s'esclaffer toute l'assistance. La jeune femme brune l'encouragea.

– Vas-y, Norbert, ne te laisse pas abattre...

– Tu es gentille, Michèle, j'en ai vu d'autres, fais-moi confiance... Voilà, je voudrais vous mettre au courant d'une histoire que m'a racontée mon facteur... On se connaît depuis vingt ans, on se dit tout, comme un vieux couple... Avant-hier son chef de centre a demandé qu'on lui apporte tous les exemplaires du dernier numéro de *Klapperstei 68*, sous prétexte qu'il y avait un problème d'affranchissement.

Un type au visage d'ange prit la parole.

– C'est moi qui les ai pesés et postés un par un...

– Attends la suite... En fait, le chef a photocopié toutes les bandes d'adresses pour les remettre à son aimable correspondant des Renseignements généraux... Un certain Dalbois qui travaille à Strasbourg...

Cadin sursauta en entendant le nom d'un de ses anciens condisciples de la fac de droit. Il tendit l'oreille pour saisir tout ce que l'ancêtre disait.

– Cela signifie qu'ils possèdent maintenant la liste complète des gens qui nous soutiennent et qu'ils vont pouvoir les coincer sous les prétextes les plus divers.

Michèle se lança ensuite dans un long monologue pour expliquer que leur action était tout sauf clandestine, avant qu'un des jeunes barbus ne prenne la parole et n'oriente la discussion sur le thème normalement prévu, la mise au point du sommaire du prochain numéro de *Klapperstei 68*. Ils se mirent d'accord sur un spécial minorités et décidèrent de faire appel à leurs homologues flamands, occitans, basques, catalans et corses avec lesquels ils entretenaient des rapports depuis les manifestations du Larzac. Personne n'évoqua la mort de l'Indien. Ils se séparèrent sur le coup de huit heures, et Cadin se leva à l'approche de la jeune femme prénommée Michèle.

– Pardon, je cherchais à rencontrer Alain Dienta, et on m'a dit qu'il travaillait souvent avec vous... J'ai lu l'écriteau, au local de la rue de la Sinne...

Elle parut surprise, troublée même, et posa sur lui un regard d'un bleu décoloré.

– Vous voulez voir Alain ? Vous ne le trouverez pas ici... Il n'est jamais venu aux réunions du conseil de rédaction...

– Il écrivait pourtant des articles, non ?

– Comme plein d'autres... On en reçoit chaque mois de quoi faire un journal gros comme un Bottin... En tout cas, il sera question de lui et de ses copains dans le numéro d'avril, après leur élection à Marcheim... Essayez de le joindre là-bas, ou sur le chantier de la centrale... Ils doivent faire la fête...

Le reste de la petite troupe avait déjà franchi la porte du Stöerkel.

– C'est ce que je vais faire. Au fait, ça veut dire quoi, *Klapperstei 68* ?

Le sourire plissa ses yeux emplis d'eau claire.

– Le Klapperstei, c'était un masque de pierre qu'on attachait au cou des menteurs, des personnes médisantes, au Moyen Âge dans la région de Mulhouse... On a rajouté 68... Si on traduisait l'idée, ça donnerait un truc comme « le pavé qui parle » !

Elle rejoignit ses compagnons, et le mouvement de ses hanches flotta devant les yeux de Cadin longtemps après qu'elle eut disparu.

Il rentra à Strasbourg, entre chien et loup, glanant au gré des ralentissements quelques lignes de l'exemplaire de *K68* ouvert sur le siège passager.

> La syntaxe, l'orthographe, la tournure de phrase, tout cela ne doit pas être un frein pour alimenter le journal. On est plus intelligents à plusieurs. Réalisons la communauté du savoir au service de tous et de chacun.

Il pénétra dans la ville par le quartier prussien, contourna la place de la République qui fut un temps celle du Kaiser, pour venir se garer rue Prechter, à l'arrière de l'établissement de bains. Le vent dispersait la fumée blanche des chaudières. Il avait envie de passer au sauna pour se laver de la fatigue et des épreuves de la journée. Le souvenir du froid du chantier le fit frissonner. Il se contenta de couvrir deux longueurs de bassin, à la brasse, en observant les portes blanches des cabines, sur la coursive, qui donnaient à la piscine un air de navire de croisière. On retrouvait le même décor dans toutes les villes des deux provinces annexées. Seule différence, la taille. Les architectes germains avaient décliné un plan identique, modifiant l'échelle en fonction du volume de population concerné.

La femme de ménage finissait de vider les corbeilles quand il pénétra dans le commissariat de la Nuée-Bleue. Il ouvrit la fenêtre de son bureau pour dissiper l'écœurante odeur d'alcool à brûler avant d'avaler la première gorgée du café lavasse tiré au distributeur. Il relut et classa les procès-verbaux établis pendant son absence par les deux stagiaires placés sous ses ordres. Une bagarre dans un café de la rue des Orphelins, un vol de Rover, deux intoxiqués lors d'un début d'incendie suspect rue de l'Écrevisse ainsi qu'une plainte de maçons algériens contre un cafetier de la place Kléber qui avait refusé de les servir en terrasse, pour protéger l'image de marque de son commerce. La routine. Il ne parvint à se plonger dans le dossier de Marcheim que vers dix heures, après que tous les flics du service eurent sacrifié aux cinq minutes quotidiennes de bavardage rituel dans chaque bureau. Cadin écoutait en silence les échanges sur les matches de foot, les feuilletons, la météo, en se disant qu'il ne perdait pas totalement son temps : ces discussions lui permettaient d'économiser le plus gros de la lecture du journal et de se passer des infos télévisées. Haueser, connaissant son penchant pour les faits divers scabreux, lui fit cadeau d'une coupure pêchée dans *Les Dernières Nouvelles d'Alsace* de la veille :

> BAS-ROUGES
> Une fillette de onze ans a été gravement mordue au bras par Himmler, un chien bas-rouge de deux ans, et a été hospitalisée à l'hôpital de Colmar. Le maître d'Himmler, un garagiste ami du père de la victime, a aussitôt tué son animal à coups de pied-de-biche.

L'assassinat d'Alain Dienta était lui annoncé en première page de l'édition du jour. Le parcours professionnel et politique du jeune militant écologiste était retracé en quelques lignes, suivi d'une brève interview de François Bischop, la tête de liste de Verts Demain, que Cadin lut avec attention.

> DNA : Pensez-vous que la mort de votre colistier puisse avoir un rapport avec votre victoire électorale ?
> F.B. : J'espère que non. Nous avons toujours situé notre combat dans un contexte démocratique. Et bien que nos adversaires se soient plutôt attachés à faire leurs coups en douce, à manipuler les commissions d'enquête, je n'ose pas croire qu'ils en seraient arrivés à de telles extrémités.
> DNA : Quand vous parlez d'adversaires, à qui faites-vous allusion ?
> F.B. : Je ne fais allusion à personne. Je désigne clairement l'E.D.F. et ses groupes de pression, ses relais pour manipuler l'opinion. Cela fait des années que nous réclamons une véritable concertation. En vain. Les électeurs de Marcheim ont dit de quel côté ils penchaient. On peut imaginer que des individus n'aient pas accepté le verdict des urnes. Ils ont pu vivre notre installation prochaine à la mairie comme un échec personnel et avoir été tentés de retenir le cours de l'Histoire...

Cadin procéda à une série de sondages dans les archives à partir des différents noms apparaissant autour de Dienta sans rien trouver de significatif. S'il y avait quelque chose à leur coller sur le dos, vu les activités de la petite troupe, cela devait être bien au chaud dans les dossiers des Renseignements généraux. Il s'intéressa par la suite au classeur bourré de doubles en pelures bleues concernant les affaires récentes recensées à Marcheim. Il s'immergea un bon moment dans les relations de scènes de ménage, les querelles de voisinage, les accusations d'adultère, les vols à la tire, les dénonciations pour chaptalisation. La seule information qui retint son attention, traitée et dactylographiée par l'inspecteur Wicker, datait du début d'année.

> Opération coup de poing du 17 janvier 1977. Affaire Shelton-Moreux.
> Dans le cadre des instructions nationales, la Brigade des stupéfiants du S.R.P.F. de Strasbourg sous la conduite du commissaire principal Roux, en étroite collaboration avec les effectifs du commissariat de la Nuée-Bleue dirigé par le commissaire principal Brück, agissant sur ordre du parquet de Strasbourg, ont, dans la nuit du 17 au 18, procédé à une vaste opération de police et mis fin aux activités d'une filière de fourniture de produits interdits. Les douze individus dont les noms suivent ont été surpris au domicile de Mlle Michèle Shelton, 15, rue Grande à Marcheim, alors qu'ils s'adonnaient à la consommation desdites substances. Cent vingt-cinq grammes de haschisch ont été saisis, principalement sur les personnes, mais les recherches entreprises n'ont pas permis de découvrir d'autres réserves dans le pavillon Shelton. La locataire en titre des lieux et son compagnon, Gérard Moreux, sur lequel a été trouvé un cran d'arrêt, ont fait l'objet d'une garde à vue. Les possesseurs de drogue ont été déférés au parquet.

Cadin compara les noms avec ceux qu'il avait listés depuis le début de son enquête. Deux d'entre eux, qui n'avaient pas été inquiétés, correspondaient à des personnes présentes sur la liste Verts Demain, Pierre Obrieu et François Brumath. Le prérapport du médecin légiste arriva peu après par pneumatique, avec la commission rogatoire du juge Drittenmeyer. Le projectile, une balle de calibre 7,65, avait été tiré à bout touchant. La mort avait été immédiate et l'on pouvait la situer assez précisément entre cinq et sept heures du matin, le lundi. L'inspecteur parvint à coincer le commissaire Brück alors que ce dernier se lavait les mains au sortir des toilettes.

– J'ai vu que vous aviez participé à une opération coup de poing sur Marcheim, il y a deux mois...

– Une opération coup d'épée dans l'eau, plutôt ! Une centaine de flics mobilisés une nuit entière pour cent grammes de shit... Le ministère avait besoin de faire un peu de cinéma, et on a joué les figurants... pourquoi vous me demandez ça ?

– À cause de la mort de cet écolo... Il y a peut-être un rapport.

Brück tira violemment sur l'essuie-mains.

– C'est tous des babas cool, des peace and love, des partisans de la culture biologique. Des allumés, mais ils ne feraient pas de mal à une carotte ! Je ne les vois pas se flinguer entre eux. À mon avis, ça ne colle pas, vous devriez chercher ailleurs.

À midi, Cadin fit un crochet par la brasserie de la Victoire. Il aimait se retrouver sur les bancs massifs, face au confluent de l'Ill et de l'Aar, attablé devant une truite que le patron pêchait et fumait lui-même, en saison. Proche des universités, l'endroit avait accueilli tout ce qui s'était décidé à bouger au cours des vingt dernières années à Strasbourg. Situationnistes, nexialistes, et tout l'arc-en-ciel des sensibilités gauchistes, du trotskiste lambda au partisan d'Enver Hodja en passant par le castro-guévariste honteux. À chaque passage, Cadin tombait immanquablement sur un groupe montant à l'assaut du ciel, chauffé à blanc à l'edelzwicker ou au riesling. Il les écoutait, comme des échos de sa propre jeunesse.

6.

Peau de pêche rouge sang

L'inspecteur Cadin passa au ralenti devant le numéro 15 de la rue Grande en observant la façade normalisée du pavillon. Elle était semblable à toutes les autres maisons de ce coron de l'Est, deux étages gris plantés à trois mètres en retrait de la route, derrière leur barrière de bois peint. La cité appartenait aux mines de potasse d'Alsace et datait probablement de la fin du siècle précédent, quand les Allemands s'étaient lancés dans le développement intensif des ressources des provinces annexées. Les puits situés sur le territoire de Marcheim, la mine Eulalie et la mine Christa, du nom des deux filles du propriétaire, avaient été les premiers à fermer, dix ans plus tôt. Des ouvriers s'étaient retrouvés mutés sur une autre partie du filon, à Staffelfelden ou Wittelheim, abandonnant leurs maisons à des locataires ordinaires.

Il se gara sur une petite place, devant l'école Mélusine, et revint à pied sous les arbres bourgeonnants. Deux noms figuraient sur la boîte aux lettres, Shelton et Moreux, près de la clochette qu'il agita. Personne ne répondant à son appel, il poussa la grille et grimpa les trois marches de ciment pour frapper à la porte qui s'ouvrit enfin sur une femme enveloppée dans un long tissu indien, un foulard multicolore noué sur ses cheveux. C'est à ses yeux d'eau claire qu'il reconnut la jeune rédactrice de *Klapperstei 68* avec laquelle il avait échangé quelques mots la veille en sortant de chez Stöerkel. Elle demeura interdite un moment, le toisa avant de s'effacer pour le laisser entrer dans le couloir.

– Bonjour... C'est pourquoi?

Cadin était aussi surpris et troublé qu'elle.

– Je ne m'attendais pas à ce que ce soit vous...

– Comment ça? C'est moi que vous cherchez... Vous êtes qui, vous êtes quoi?

– Inspecteur Cadin, de la Police judiciaire... Je n'ai pas eu le temps de vous le dire hier... J'enquête sur la mort d'Alain Dienta.

Elle se laissa aller, le dos contre le mur, la tête inclinée. Il remarqua les cernes sous les yeux, les traits tirés par le manque de sommeil.

– Un flic! J'aurais dû m'en douter... Entrez, faites votre boulot...

La voix était soudain lasse, le ton celui d'une femme vaincue. Cadin résista à l'envie de poser une main sur son épaule.

– Écoutez, je m'excuse pour hier... Cela s'est fait comme ça... Vous ne saviez pas encore ce qui s'était passé sur le chantier, n'est-ce pas?

Elle ouvrit une porte décorée de fleurs peintes, lui désigna une des chaises de la cuisine.

– Non, personne n'était au courant sinon on aurait annulé la réunion... Je l'ai appris par François Bischop en rentrant ici, vers onze heures.

Elle lui servit en silence un café aux arômes de cannelle et de girofle.

– Qui vous a dit qu'Alain et moi...

L'inspecteur suspendit son geste, reposa sa tasse.

– C'est fois-ci c'est à moi de dire que je l'ignorais. J'ai simplement lu un procès-verbal dans lequel votre nom et votre adresse étaient mentionnés. Une saisie de hasch, il y a deux mois...

Elle s'assit sur un tabouret et haussa les épaules. Le tissu s'ouvrit légèrement, laissant entrevoir la courbe d'un sein.

– Quelle connerie ! Vous ne croyez pas qu'il y a des choses plus importantes à régler dans la région que d'organiser des battues avec mitraillettes, hélicoptères et chiens policiers pour traquer des brins d'herbe ?

– Vous pensez ce que vous voulez, mais jusqu'à plus ample informé, c'est illégal...

– Ne vous fatiguez pas avec votre morale, inspecteur. Ils ont investi ma maison en cassant tout sur leur passage, comme si j'abritais les membres de la Bande à Baader. Tout ça pour des aromates... Alors qu'à cinq kilomètres à vol d'oiseau, on nous construit une centrale qui risque de bousiller toute vie humaine sur cent kilomètres à la ronde. L'État a le droit de polluer cinq millions d'individus au radium, mais la fumée d'un pauvre joint met le gouvernement en péril ! C'est contre cette hypocrisie qu'il se battait, l'Indien.

– Il habitait ici, avec vous ?

Michèle se releva pour prendre un disque dans une pile en équilibre instable sur le bout de table. Elle posa la galette sur le pick-up. La voix d'Eric Burdon se fraya un chemin entre la basse de Chandler et l'orgue d'Alan Price.

Don't let me be misunderstood...

– Tout ce qui me reste de lui, c'est ce disque, et les souvenirs que ça déclenche... Il a vécu avec moi pendant près d'un an. On s'est quittés bons amis à la fin de l'année dernière... Vous revoulez du café ?

Cadin posa sa main au-dessus de la tasse, pour décliner l'offre.

– Je sais que c'est indiscret, mais je voudrais connaître la raison de votre séparation.

Elle alluma une cigarette mentholée.

– Est-ce qu'il faut obligatoirement qu'il y en ait une ? C'est tout un ensemble de choses. Quand j'ai rencontré Alain, je ne pouvais pas passer une journée sans lui... Je suffoquais, comme si on m'avait plongé la tête sous l'eau. Sa présence m'était aussi nécessaire que l'air, que le soleil... Ça a duré plusieurs mois puis cela s'est dissipé, presque d'un seul coup...

– Qui a mis fin à votre relation, lui ou vous ?

Elle tira longuement sur sa cigarette en ramenant ses jambes sous le tabouret quand des pas firent grincer les marches de l'escalier. Un grand type aux cheveux légèrement roux, le bas du visage entouré de poils bouclés de même couleur, vint s'encadrer dans l'ouverture de la porte. Il avait les pieds et le torse nus et ne portait qu'un jean peau de pêche rouge sang. Le nouveau venu se pencha pour déposer un baiser sur le front de Michèle et se servit un fond de café.

– Le mieux, c'est de lui dire tout de suite comment ça s'est goupillé... Quand les flics commencent à fourrer leur nez quelque part, il faut que tout se recoupe sinon tu es bon pour Alcatraz...

Cadin le toisa, s'arrêtant un instant sur la bosse stomacale marquant l'abus de bière.

– Je présume que je viens de faire la connaissance de Gérard Moreux, non ?

– Exactement, et moi je suis heureux de constater que mes impôts sont bien utilisés : les fiches sont parfaitement tenues à jour...

L'inspecteur intercepta un regard de reproche lancé par Michèle.

– Je serais prêt à vous suivre sur ce terrain si l'affaire qui m'amène n'était pas aussi grave. Quand tout sera terminé, et si vous êtes encore dans ces dispositions, on pourra reprendre la conversation. Alors, cette rupture, ça s'est « goupillé » comment, comme vous dites ?

Michèle Shelton piqua du nez, et Gérard se dévoua.

– Oh c'est tout simple, l'histoire classique... Alain s'était brûlé avec son chalumeau, sur le chantier... Il est rentré au débotté et il nous a trouvés ensemble, dans la chambre...

– Comment il a réagi ?

Moreux voulut répondre mais elle lui coupa la parole.

– Comment voulez-vous qu'il réagisse... Il était malheureux... On était tous malheureux... Tous les trois... Vous ne me croyez pas ?

– Je crois tout le monde, jusqu'à ce que je m'aperçoive qu'on m'a menti... Je m'imaginais que c'était dépassé ces histoires de ménage à trois, l'amant qui se planque dans le placard à balais, les mains autour de l'objet du délit, quand le cocu rentre à l'improviste... Dépassé pour votre génération j'entends... Je me disais que c'était réservé aux beaux quartiers et à Pierre Sabbagh pour « Au théâtre ce soir ». Je suis tombé dans le panneau de tout ce qu'ils racontent à la télé et dans les magazines... La vie communautaire, le refus de la propriété, l'amour libre...

Cadin s'arrêta sur les premiers sanglots de la jeune femme. Moreux la prit dans ses bras, faisant saillir ses muscles.

– Vous ne pensez pas que vous en faites un peu trop ?

Le bras du pick-up se releva sur le solo de John Steele, le batteur des Animals, et l'inspecteur sortit dans un silence pesant. Le moteur de la Renault répondit présent dès la première sollicitation. Il le laissa tourner au ralenti, poussa la manette du chauffage au maximum pour relire confortablement le compte rendu de la perquisition effectuée au domicile de l'Indien par l'équipe de son collègue, l'inspecteur Haueser. Il y avait là toute la bibliothèque de base du parfait routard des paradis artificiels : *Les Portes de la perception* de Huxley et *Connaissance par les gouffres, La Vie dans les plis* de Michaux, l'Anthologie de la poésie beatnik, tout Castaneda, *Sucre de pastèque* d'un certain Brautigan que Cadin ne connaissait pas, et l'intégrale du *Comte de Monte-Cristo* dont il avait découvert, en le lisant entre Noël et jour de l'An, qu'il tenait le coup en s'envoyant une cuillerée de confiture de haschisch par chapitre ! La prose écolo partageait toute une page avec des tracts syndicaux ou électoraux, et des collections de revues comme *Actuel, La Gueule ouverte* ou *Barabajagal*. Il y avait également l'inévitable *Manuel de l'arrêté*, dont Haueser avait recopié le passage le plus significatif à ses yeux :

> Nous n'avons pas voulu, dans ce manuel, donner des astuces à l'usage des débrouillards. La débrouillardise, c'est l'affaire des trafiquants de drogue, escrocs immo-

> biliers et autres qui, de fait, auront toujours avec la justice et la police du pouvoir des accommodements. Mais pour tous ceux (ouvriers, immigrés, jeunes, militants révolutionnaires) qui subissent la répression quotidienne de la bourgeoisie, il serait vain de vouloir s'en tirer par la débrouillardise individuelle. Face à la police, face à la justice, ils doivent se souvenir de cette règle fondamentale : ON EST EN PRÉSENCE D'ENNEMIS ET ON DOIT LES TRAITER COMME TELS.

L'inventaire faisait état de deux shilums péruviens qui avaient récemment servi, de trois seringues hypodermiques, d'un garrot en caoutchouc, d'un paquet de coton et d'une fiole d'alcool à 90°. Dans les poches d'un jean qui semblait appartenir à l'Indien on avait retrouvé des particules de tabac mélangées à des substances interdites, témoignage du probable séjour d'un joint.

À la mairie, on s'activait à remplir des cartons d'archives, de dossiers, de souvenirs, d'effets personnels, toutes choses accumulées au cours de vingt années d'un règne sans partage. Une secrétaire décrochait les fanions, les assiettes décorées offerts par des édiles lors de voyages officiels. L'administration d'Émile Loos s'apprêtait à laisser la place à celle de l'écologiste François Bischop en pratiquant sinon la politique de la terre brûlée, du moins celle des bureaux vides. Le maire défait n'était pas là, on ne savait où le joindre, et l'on précisa à l'inspecteur que l'« usurpateur », pharmacien de son état, tenait boutique en bout de ville, dans un quartier récemment loti appelé le Cimetière-des-Chevaux, réminiscence de la présence d'un équarrisseur, au Moyen Âge.

Cadin traversa le marché installé sous une ancienne

halle aux grains dont la charpente savamment ouvragée servait de pigeonnier municipal. Les étals s'espaçaient au gré des concentrations de volatiles afin que la fiente ne corrompe pas la saucisse de foie ou la choucroute en saumure, et se contente d'éclaircir la pierre centenaire que foulaient les ménagères. Il longea un parc humide que réchauffait un soleil timide. Les appels intermittents de la croix verte de l'apothicaire se reflétaient sur le bronze du monument aux morts. Il se rendit compte, pour la première fois depuis le début de son séjour alsacien, que des noms s'étageaient sous les dates 1870-1871 et 1939-1945, qu'il était fait mention de deux soldats tués l'un en Indochine, l'autre en Algérie, mais que rien n'évoquait la Grande Guerre. Il patienta derrière une cliente lancée dans une description assez écœurante de tous les maux qui l'assaillaient, varices, phlébite, œdèmes divers, météorisme, puis la laborantine le fit passer dans l'arrière-boutique où le leader de la liste Verts Demain pesait méticuleusement les ingrédients de ses préparations. Le géant barbu qui avait prononcé le discours de remerciement aux électeurs de Marcheim était habillé de la même manière que dans la salle du dépouillement. Pantalon en velours côtelé, chemise bigarrée, large pull en laine tricoté maison. Il avait juste ajouté à la panoplie une blouse blanche parsemée de souvenirs chimiques. Il saupoudrait du permanganate de potassium sur un morceau de papier sulfurisé dont il pinça les coins. Il releva la tête.

– Oui, c'est pourquoi ?

Cadin déclina son identité, le motif de son intrusion.

– Je vous dérange en plein travail...

– Non, ça peut attendre. Les trois quarts de mes

patients sont à l'agonie depuis trente ans au minimum... Pour Alain, vous êtes sur une piste ?

Il se retint de désigner les multiples ennemis qu'Alain Dienta s'était faits à la direction du chantier, au syndicat, dans sa vie sentimentale.

– Sur plusieurs, comme à chaque début d'enquête... Vous le connaissiez depuis longtemps ?

– Depuis toujours. Je suis né ici et lui aussi, à dix ans de distance. Je l'ai vu grandir, faire ses premières conneries, exprimer ses premières révoltes...

– Il était de Marcheim ou des environs ?

– De la ville. Ses parents habitaient dans la cité potassique... Ils sont partis il y a six ou sept ans quand les M.D.P.A. ont fermé la mine Eulalie. Alain n'a pas voulu les suivre. Il a été accueilli par des voisins pendant quelques mois puis il s'est agrégé aux deux ou trois communautés qui se sont constituées dans le secteur... Il s'est fait embaucher à la centrale, et il est revenu l'année dernière dans la cité, chez une amie. Mais à ce qui se disait, ça n'a pas duré...

Cadin vint s'accouder sur une étagère pleine de bocaux.

– Michèle Shelton, celle qui collabore au journal satirique ?

– Je vois que vous êtes au courant...

– Il faut bien... J'aimerais comprendre comment est née votre association, et pourquoi il s'est retrouvé sur votre liste, en travaillant là-bas...

– Les statuts sont déposés à la préfecture, et les enquêtes d'embauche sur le chantier de la centrale étaient assez conséquentes. Vous devez pouvoir y avoir accès, non ?

L'inspecteur ne répondit pas immédiatement, repassant dans sa mémoire la conversation de la veille, chez Stöerkel, à propos de l'interception de la liste des abonnés par les Renseignements généraux.

– Vous vous méprenez sur mes intentions. Vos opinions et celles de l'Indien ne m'intéressent que dans la mesure où elles peuvent expliquer ce qui s'est passé. C'est une piste, et je l'explore au même titre que toutes les autres.

Le pharmacien repoussa un amoncellement de couches-culottes.

– De toute façon, nos actions ont toujours été transparentes... Je ne pense pas que les gens nous auraient fait aussi largement confiance s'ils avaient eu l'impression qu'on leur cachait quelque chose... Le secret, il est du côté de nos adversaires. Si on veut bien comprendre, il faut remonter à 1973, il y a quatre ans, quand Électricité de France a rendu public son projet d'édifier une centrale sur le territoire de Marcheim, à quelques kilomètres du clocher ! Il n'y avait rien à dire, rien à opposer, ils travaillaient, disaient-ils, pour le bien de tous, pour ne pas entrer à reculons dans le troisième millénaire...

– Il y a bien eu une enquête d'utilité publique...

– Elle a été bâclée... ici tout le monde était dans le brouillard... Personne n'avait les éléments pour réfléchir aux inconvénients de la centrale... En plus, les terrains concernés ne valaient pas bien cher, du pré plutôt que de la vigne. Certains voyaient venir les expropriations d'un bon œil : ils allaient se débarrasser de quelques hectares de mauvaise herbe au double du prix du marché... Si on leur avait annoncé que l'usine allait réchauffer l'eau du Rhin de deux à trois degrés et modifier à terme les conditions climatiques du secteur, ils nous auraient ri au nez... Tous se foutaient des conséquences comme de leur première couche ! Ils ne voyaient que l'argent à en tirer et les emplois que ça allait créer.

Cadin éternua. Le pharmacien lui tendit une pochette de Kleenex mentholés.

– Quelle position adoptiez-vous, Alain Dienta et vous ?

– Nous marchions sur des routes parallèles, sans même le savoir. Je reçois pas mal de revues, d'éléments d'information, de par ma profession... J'ai commencé à douter de certains arguments avancés par E.D.F... Je me suis mis à constituer des dossiers, à envoyer des lettres qui restaient toutes sans réponse... Alain Dienta habitait à l'époque dans une ferme abandonnée, sur des terrains voués à la construction de la centrale. Ils étaient une quinzaine à vivre en communauté, plus tout un tas de routards qui s'arrêtaient une semaine ou deux pour se refaire une santé. Ils passaient tous par la boutique, mais je ne cherchais pas à les fréquenter, surtout leur chef, une sorte de prophète illuminé qui tenait un discours que je jugeais paranoïaque sur les dangers de l'atome... En fait, il n'est pas mort de radiations, mais d'overdose. À sa disparition, le groupe s'est dispersé, pas mal de types ont réintégré la ville. C'est là que nous nous sommes aperçus que les idées de leur gourou avaient germé dans les esprits. Entre-temps, Alain avait donné quelques articles à *Klapperstei 68*. Il a rencontré Michèle Shelton, et il s'est installé chez elle, rue Grande...

Cadin se libéra une nouvelle fois les narines en se pinçant le nez dans le menthol.

– Shelton, c'est un nom anglais ?

– Américain... Ils ont participé à la libération de la région, en 1945. Quelques G.I. sont revenus après-guerre, séduits par la beauté des paysages et celle des paysannes... Les parents de Michèle vivent maintenant aux États-Unis. Ils ont laissé la maison à leur fille, et quand la communauté a éclaté, plusieurs de ses membres ont trouvé refuge chez elle. J'ai vraiment renoué contact avec l'Indien à cette époque, alors qu'il commençait à travailler à la centrale. Je me souviens de notre première vraie discussion... C'était il y a un peu plus d'un an, au moment des élections cantonales. Il était entré pour acheter une bricole, mais ça puait le prétexte à plein nez... Le maire, Émile Loos, n'avait qu'un challenger, le candidat communiste Gérard Müller. Plus de la moitié des électeurs sont restés sous la couette. L'Indien était d'avis que les gens avaient voté avec leurs pieds, qu'ils étaient opposés au projet de centrale, et qu'il fallait saisir l'opportunité des municipales... C'est ce jour-là que nous avons décidé de créer l'association Verts Demain... Nous avons déposé les statuts à la préfecture, dans la semaine. Le mois suivant nous avions récolté plus d'une centaine d'adhésions.

– Qui était-ce ? Je ne vous demande pas de noms...

– Si bizarre que cela puisse paraître, toutes les couches de la population sont représentées dans nos rangs. Il y a bien sûr des agriculteurs craignant pour leurs exploitations, des éleveurs inquiets des risques de contamination du bétail, beaucoup d'anciens, scandalisés par la destruction de l'univers de toute leur vie, des femmes paniquées à l'idée de voir leurs enfants atteints par les radiations... En plus, le scandale de Seveso, ces produits chimiques mortels déversés sur toute une région d'Italie, a hâté la prise de conscience de la nécessité d'obtenir des garanties. Sans compter que les politiciens traditionnels n'ont pas mesuré la nouvelle importance des jeunes : les municipales ont été les premières élections nationales depuis l'instauration du droit de vote à dix-huit ans... Ils se sont pratiquement tous tournés vers nous. Le journal nous a aidés à organiser des soirées où se mêlaient la discussion, la musique, la bouffe... Un coup c'est Roger Siffert qui est venu de Strasbourg, un autre le Suisse Michel Bülher... Les recettes nous ont permis de financer l'impression des tracts, des affiches, des professions de foi, des bulletins de vote. La sincérité d'Alain, son entrain, son acharnement, ont énormément contribué à notre succès, dimanche dernier, et je peux vous dire que nous ne nous remettons pas de son absence.

L'inspecteur Cadin avait pris quelques notes. En levant les yeux il remarqua l'humidité qui brouillait le regard du pharmacien à l'évocation des combats menés avec l'Indien.

– Quand il venait ici, est-ce qu'il lui arrivait de vous acheter de l'alcool à 90°, du coton, des seringues ?

François Bischop se rendit compte qu'il s'était laissé aller. Il se redressa devant celui qui était subitement redevenu un flic, et seulement un flic.

– À quoi ça vous sert de salir les gens ! Alain n'avait rien à voir avec ces histoires, et si cela avait été le cas je me serais refusé à être son complice. J'ai l'impression que nous n'avons plus rien à nous dire...

Bien qu'étant d'un avis contraire Cadin ne tenta pas de relancer la conversation. Il suivit l'apothicaire jusqu'à la porte de la boutique et sortit sans serrer la main qu'on ne lui tendait pas.

7.

Les Vroutschs

Cadin fut réveillé par le frottement du journal, sous la porte. Il se traîna jusqu'à la fenêtre. Un jour gris se levait avec autant de difficulté que lui sur les berges de l'Ill. Il jeta deux cuillerées de café soluble au fond d'une tasse, fit couler un peu d'eau chaude du robinet dessus, et but le jus sans sucre en lisant les nouvelles. À Bescherwiller, la gendarmerie venait d'arrêter un gamin de sept ans qui avait battu à coups de pied, de poing puis à l'aide d'un bâton, un nourrisson de trente-quatre mois afin de lui voler son tricycle électrique. Il l'avait laissé pour mort et avait dissimulé le corps derrière une machine à laver, dans le sous-sol de la villa de ses parents.

L'humidité avait eu raison de la batterie de la Renault. L'inspecteur fit un détour par le garage des Ponts-Couverts, remonta à pied la rue du 22-Novembre, traversa la place Kléber pour prendre une minuscule ruelle dissimulée par la façade imposante de la Maison Rouge. Il avait lu quelque part qu'André Breton se promenant dans Paris, au début des années 30, s'était arrêté près d'une enseigne où le mot ROUGE apparaissait en relief. Placé légèrement de côté, les lettres, biseautées, se lisaient POLICE. Il y avait vu, plus tard, une annonce hasardeuse et objective des premiers procès staliniens. À Strasbourg, l'annexe des Renseignements généraux occupait tout un étage au-dessus d'une librairie d'ancien spécialisée dans l'érotique fin de siècle, où l'on trouvait des curiosités comme un *Roman de Renart* rehaussé d'eaux-fortes pornos ou un *Don Quichotte à Gomorrhe*. Cadin avait connu Dalbois à la fac, sept ans plus tôt, alors qu'ils se destinaient tous deux encore à l'enseignement de l'histoire ou de la philosophie. Ils s'étaient en fait retrouvés en droit pour les beaux yeux, et le reste de l'anatomie, d'une fille qui s'était évaporée dès la fin du premier semestre.

Les couloirs qu'il traversa derrière une secrétaire sans grâce sentaient la vieille fiche, l'encre rancie et la rouille des fichiers. Son ancien condisciple occupait un renfoncement, dans les combles. Il avait gonflé. Sa figure couperosée faisait tache devant l'alignement bistre des dossiers. Il portait un gilet de laine épaisse aux coudes renforcés sur un pantalon gris froissé. La cravate taillée dans une sorte de matière synthétique s'irisait en captant la lumière vive du plafonnier. Il tendit rapidement à Cadin une main sèche et fuyante puis dégagea un fauteuil pour qu'il puisse s'asseoir.

– Salut, Cadin ! Je suis content de te revoir... Ça remonte à quand ?

– Pas tout à fait deux ans... On s'est revus pour la dernière fois au concert de Lavilliers, avec Ange en première partie.

– Exact... Tu étais peut-être là pour ton plaisir, mais moi, je peux te le dire maintenant, j'étais en service commandé. À l'époque je constituais un dossier complet sur les freaks qui organisaient toutes ces rencontres, les Vroutschs...

Cadin fronça les sourcils.

– Vroutsch ? Je croyais que c'était un journal...

Dalbois le regarda avec l'air de celui à qui on ne la fait pas.

– Ils commencent tous par un canard. Même les plus cons ne tardent pas à s'apercevoir que ça ne sert pas uniquement à informer mais qu'on drague aussi des idées et des gens... J'ai appris que tu étais sur le meurtre de Marcheim. Tu t'en sors ?

– Je ne m'en sors pas, j'y entre... Tu te doutes bien que c'est un peu pour en parler que je suis venu te voir. Alain Dienta, la victime, donnait justement des articles à un fanzine régional, *Klapperstei 68*, et j'ai appris par hasard que les R.G. s'y intéressaient de près. Vous auriez été jusqu'à relever la liste de tous les abonnés sur les bandes des canards, au centre de tri... C'est vrai ?

Dalbois se leva pour prendre deux cannettes de Schutz qui prenaient le frais dans le lavabo, les décapsula et en posa une devant Cadin en riant.

– Tu es au courant de cet épisode peu glorieux ! À cause de cette connerie, on a grillé un de nos meilleurs hommes. Il a fallu le muter en Franche-Comté. Les gens de *Klapperstei* nous ont pris de court. D'habitude les collectifs babas cool mettent six, huit mois à sortir un projet. Sans compter que les trois quarts se disloquent avant toute expression publique... Là, ça a été le contraire ; ils étaient organisés comme des chefs, et on s'est retrouvés le bec dans l'eau avec personne de chez nous dans le noyau dirigeant.

– Pourquoi ? D'habitude vous avez toujours quelqu'un ?

Dalbois assécha la moitié de sa bouteille.

– Bien sûr : le journalisme nous occupe énormément... J'écris des dizaines d'articles. Rien que dans le département, on compte une cinquantaine de publications, de la feuille ronéotée à parution irrégulière jusqu'au mensuel en quadri, il faut fournir ! On essaie de planquer un gars du service dans chaque comité de rédaction pour contrôler et au besoin retourner le canard à notre service... Avec *Klapperstei* on a rien pu faire, mais tu as déjà entendu parler de *Pingouins*, de *Barabajagal* ou de *Magazine* ?

Cadin se souvenait avoir lu le premier journal, de sensibilité écologiste, à Mulhouse, au bar du Moll, une brasserie mulhousienne fréquentée par une clientèle estudiantine.

– Oui, c'était assez nullard. Je ne comprends pas qu'à ton âge tu perdes encore ton temps à infiltrer des groupes de lycéens.

– C'est beaucoup plus sérieux que tu ne l'imagines, Cadin. Je ne vais pas te bourrer le mou : tout comme toi j'ai fait mumuse à la Révolution. Tiens, je vais te confier un secret : j'ai eu ma carte à l'Organisation communiste des travailleurs, en 70... Puis j'ai vu les ficelles, j'ai réalisé que certains les tiraient, et que ça ne valait le coup de continuer que si on n'était pas du côté des marionnettes... Comme j'étais incapable de devenir « dirigeant bien-aimé », j'ai choisi de tirer d'autres ficelles, et le plus drôle, c'est qu'elles sont reliées aux mêmes pantins !

Cadin avait fait son deuil d'un monde meilleur sans pour autant considérer que celui dans lequel il vivait était acceptable. Il le supportait en résistant à chaque instant au cynisme des Dalbois ou des Brück.

– Si tu en revenais au *Pingouin ?*

Il plongea vers un tiroir pour en sortir un exemplaire du fanzine.

– On a eu le pot que le fils d'un de nos correspondants de Mulhouse parle à son père de ce projet. Il en avait eu vent dans un bar, près du ciné Corso. Les types qui animaient ce truc ne savaient pas trop où ils en étaient. Ils passaient des articles autonomistes en alsacien, parlaient des luttes du peuple corse, du peuple flamand sans se rendre compte qu'ils étaient vérolés par des groupes vert-de-gris. Je me suis dévoué et, pour en avoir le cœur net, j'ai écrit quelques textes qui poussaient insensiblement, chaque mois, le bouchon un peu plus loin. Dans un premier temps ça nous a permis d'entrer en contact avec les néo-nazis du secteur puis, grâce à la boîte postale, de recevoir du courrier de tous les adorateurs de croix gammées à cent kilomètres à la ronde. Résultat, on a toujours un coup d'avance sur eux.

– Je ne suis pas assez naïf pour penser que vous ne mettez que ces abrutis sous contrôle... Tu as du matériel sur Alain Dienta et Verts Demain ?

Dalbois fit glisser sur son rail un panneau qui dissimulait plusieurs centaines de dossiers suspendus. Ses doigts coururent sur les réglettes plastique sous lesquelles étaient glissées des étiquettes nominatives. Il feuilleta rapidement le contenu de plusieurs chemises, ponctuant son examen de quelques renvois.

– Je ne possède que de l'officiel, sur la liste écolo de Marcheim. Formulaires de déclaration d'association, dépôt de liste, publications électorales... Ça ne t'avancera à rien...

– Et l'Indien ?

Il se hissa sur la pointe des pieds pour ouvrir un autre dossier.

– Pas grand-chose non plus. Ce n'était sûrement pas un Grand Chef ! Encore que... Attends... Les copains de Mulhouse l'ont coincé il y a deux ans dans une affaire de réseau de soutien à des déserteurs. Il diffusait en loucedé les copies ronéotées d'une lettre d'un de ses copains de Marcheim, Francis Stetter, qui avait faussé compagnie à la deuxième section du 81e régiment d'infanterie de Sète dans lequel il avait été incorporé. Tiens, regarde...

Cadin prit la feuille de mauvais papier et commença à lire le texte surmonté d'un titre tracé au normographe :

> POURQUOI J'AI DÉSERTÉ
>
> J'en avais marre de servir dans l'armée du capital, qui embrigade la jeunesse pour mieux la préparer à l'exploitation patronale, qui réprime les peuples dominés par l'impérialisme français (Martinique, Guadeloupe, Réunion, Nouvelle-Calédonie), qui vend des armes aux régimes fascistes de Grèce, d'Espagne, du Brésil, qui vole les terres des paysans prolétaires pour en faire des terrains militaires (Larzac, Lorraine, Fontevrault), qui utilise l'énergie nucléaire à des fins meurtrières...

L'inspecteur survola le reste de la déclaration dans laquelle l'auteur condamnait la tentation pacifiste, préférant transformer l'armée du capital en une armée du prolétariat qui réserverait ses propres balles pour ses propres généraux.

– Qu'est-ce qu'il est devenu ce Francis Stetter ?

– Il devait être sincère car on ne l'a jamais revu, contrairement à d'autres qui tiennent boutique rue des Arcades ou rue des Francs-Bourgeois, après que papa est intervenu pour faire effacer les marques infamantes du livret militaire... On suppose qu'il a passé la frontière et qu'il vit clando en Suisse ou en Italie.

Il n'y avait rien d'autre à en tirer. Cadin quitta la pièce aux petits secrets en glissant dans la pochette de sa veste le morceau de papier sur lequel Dalbois avait noté son adresse, place Saint-Nicolas-aux-Ondes.

– Je ne t'ai pas dit, je suis marié... Téléphone-moi... A ce qu'on dit, la table n'est pas mauvaise !

Tout ce qu'il aimait ! Il demeura plusieurs minutes, le nez collé à la vitrine, à regarder les couvertures chaudes des bouquins anciens du rez-de-chaussée, avant de traverser la place Kléber envahie par les supporters rouge et or d'une équipe de foot qui jouait le soir même contre le F.C. Strasbourg au stade de la Meinau. Le garagiste des Ponts-Couverts avait redonné un peu de jus à la batterie. Le moteur de la Renault toussota pour la forme puis ronfla régulièrement jusqu'au parking de la brasserie Ensingen. L'inspecteur s'installa sur un tabouret, en coin de bar, pour avaler une assiettée de cervelas arrosée, sur le conseil du patron, d'un verre galbé de shoenenbourg grand cru. Il mouilla ses lèvres de riesling.

– Excellent. Votre fils est là ? J'aurais aimé lui parler.

– Il travaille à cette heure-là... Il est instituteur à l'école protestante.

La fondation Herrenschmitt, accolée au temple, accueillait une douzaine de classes, du cours élémentaire à la sixième. Cadin contourna les deux bâtiments à l'architecture austère, presque militaire, qui se faisaient face, de part et d'autre d'une cour plantée de marronniers effeuillés. Il vint s'asseoir sur un banc, se gorgeant du premier plein soleil de printemps. La sonnerie électrique l'arracha à sa torpeur, et il ouvrit les yeux sur les hordes hurlantes de gamins qui faisaient irruption des halls, pour se ruer en récréation. Les enseignants s'étaient regroupés sous l'auvent afin de s'irriguer le sang de nicotine, déléguant à un vieux gardien la surveillance des jeux de balles et des règlements de comptes. Il reconnut le fils du cafetier, lui fit signe d'approcher de la grille.

– Inspecteur Cadin. J'aurais besoin de vous parler au sujet de l'Indien... Vous êtes libre à quel moment?

Christian Wurtz, un blond dont la douceur du visage était renforcée par des yeux clairs et rêveurs, souleva le trousseau de clefs accroché à son ceinturon, en choisit une. Il ouvrit la petite porte réservée aux livraisons.

– J'ai un quart d'heure devant moi... Si ce n'est pas assez, je peux demander à un collègue de s'occuper de mes élèves...

Cadin le suivit jusqu'à la salle des profs. Ils se partagèrent un fond de café tiédasse devant un mur décoré d'offres de promotion de meubles en rotin, de voyages, de croisières, émanant de coopératives fonctionnaires. L'inspecteur avala son jus en regardant les peintures enfantines punaisées en face, sur un immense panneau en contreplaqué. Les dessins étaient classés de telle manière qu'on pouvait suivre l'évolution de l'enfant et son rapport au monde. Des yeux apparaissaient au cœur des gribouillis, bientôt un humain en forme de pomme de terre, où des jambes filiformes ne tardaient pas à pousser, des bras, des doigts puis, bien plus tard, le ventre naissait directement sous la seule tête hérissée de cheveux multicolores.

– J'ai cru comprendre que vous alliez grimper d'un cran dans la hiérarchie municipale après la disparition d'Alain Dienta...

– Vous en tirez quelle conclusion ? Que je vais continuer à flinguer tous ceux qui sont encore devant moi pour m'emparer de l'écharpe bleu, blanc, rouge ? Je vais vous dire une chose : je n'avais aucune envie de me présenter, principalement à cause de mon père. C'est un ami d'enfance d'Émile Loos, et j'avais la désagréable impression que mon nom, sur les affiches, risquait de compter davantage que mes idées... J'ai fini par me laisser faire en précisant bien que je n'abandonnerais pas mon boulot d'instit et que je laisserais ma place d'adjoint au suivant de la liste à mi-mandat, c'est-à-dire au bout de trois ans. Vous pouvez vérifier auprès de qui bon vous semble...

– C'est noté... Vous savez si quelqu'un en voulait assez à Dienta pour penser à le supprimer ?

– Cela nous est tombé sur le poil sans crier gare. Tout ce qui se dit à ce propos dans le pays, c'est que c'est à cause de la centrale. On n'entend rien d'autre. Les gens se souviennent qu'Alain est à la source de tout... C'est lui qui nous a ouvert les yeux sur les dangers du nucléaire...

Cadin sortit un paquet de Meccarillos de sa poche et le tendit, ouvert, en direction de Christian Wurtz qui refusa. L'inspecteur tassa le tabac sur le carton rigide en relisant la phrase qui soulignait la marque : « Meccarillos, une distanciation quasi brechtienne de la quotidienneté », et porta le feu vers sa bouche.

– J'ai rencontré le pharmacien... Il m'a raconté la même chose. J'ai pourtant beaucoup de mal à imaginer les responsables du chantier draguant dans les bars louches de la place de la gare à la recherche d'un tueur...

– Tout ce que je sais de ce genre de choses, c'est ce que je lis dans les journaux... Le milliard volé à la poste de Strasbourg, son frère jumeau raflé dans celle de Mulhouse, les trafics de machines à sous des frères Saint-Snéebélé, l'impunité des syndicats jaunes de chez Peugeot, les cartes tricolores des membres du Service d'action civique... Si on cherche un porte-flingue, il faut être aveugle pour ne pas le trouver !

Cadin laissa passer l'orage en tirant sur son cigarillo, sans réagir. L'instituteur changea de registre.

– Nous sommes des naïfs, à Verts Demain... En nous organisant, nous n'avions qu'une idée en tête, convaincre nos concitoyens que nous pouvions, ensemble, imposer un autre type de développement, quelque chose qui serait plus respectueux des hommes et de leurs paysages. Nous nous rendons compte seulement maintenant, avec l'assassinat de l'Indien, de l'énormité des intérêts que nous menaçons avec nos propositions alternatives... L'arrêt de la construction, ça veut dire des centaines d'emplois en moins, des dizaines d'entreprises touchées, des milliards de francs gelés, sans compter les paniques en cascade dans les bureaux d'E.D.F., chez les ingénieurs, dans les ministères... Quelqu'un a pu devenir subitement dingue à un endroit ou un autre de toute cette chaîne, à l'annonce de notre victoire dimanche soir...

Leur discussion fut interrompue par le vieil homme qui s'époumonait sur son sifflet pendant la récréation. On demandait Christian Wurtz en salle de cours. Avant de se diriger vers l'escalier, il tendit à Cadin plusieurs feuilles de papier qu'il était allé prendre dans son casier.

– C'est là-dessus que j'ai suivi l'Indien...

Cadin traversa la cour en lisant l'en-tête du document : Institut Max Von Laue-Paul Langevin de Grenoble. Il marcha lentement jusqu'à sa voiture en prenant connaissance du document dont le nom du rédacteur avait été occulté par un trait de feutre noir. Le 11 juillet 1974, la décision avait été prise de suspendre, pour une année minimum, les visites techniques du réacteur à haut flux neutronique de l'Institut. La veille une vulgaire valve du dispositif de démarrage avait rendu l'âme et une dose sensible d'antimoine fortement radioactif s'était répandue dans la piscine de refroidissement. Les huit cents mètres cubes de liquide avaient été contaminés à hauteur de deux mille cinq cents curies, et la direction avait pris la décision de les évacuer vers un centre de retraitement à l'aide de trois camions-citernes loués à une entreprise locale spécialisée dans les vidanges. Le transvasement s'était déroulé dans de telles conditions d'improvisation qu'un égout départemental avait été, à son tour, pollué. Comble de malchance, l'un des véhicules n'était pas totalement étanche et il avait fallu racler la terre sur dix centimètres d'épaisseur tout le long de son parcours. L'eau avait pu, finalement, être décontaminée. Mais pas les camions pour lesquels n'existait aucun traitement efficace. Ils pourrissaient depuis sur une aire contingentée de l'institut, où seuls les oiseaux continuaient à les fréquenter.

8.

Attention, chiens végétariens

L'inspecteur Cadin posa les documents à la place du mort. Il traversa Marcheim en picorant, au gré des arrêts aux carrefours, quelques informations supplémentaires. L'ingénieur grenoblois auteur du rapport s'appuyait sur des incidents similaires survenus à travers le monde au cours des années 70. Il évoquait, par exemple, la grève de l'amour menée par les épouses des employés des centrales nucléaires anglaises, de mars à juin 1975, en raison des risques de contamination des fœtus. Elles y avaient mis un terme après avoir obtenu des visites médicales plus fréquentes et gratuites du personnel et des proches. Plus loin, un haut fonctionnaire allemand déclarait qu'à l'horizon de l'an 2000 les eaux du Rhin, réchauffées et rendues artificiellement subtropicales par la quinzaine de centrales prévues de part et d'autre de ses rives, verraient proliférer des germes de maladies habituellement exotiques telles que la dysenterie, l'amibiase et autres parasitoses.

Il s'engagea dans la rue Grande au moment où Michèle Shelton et Gérard Moreux se séparaient en s'embrassant devant la grille du pavillon. Ce fut elle qui vint vers lui.

Elle portait un jean légèrement évasé sur des clarks éculées, un triskaël breton battait, au rythme de ses pas, le large pull qui masquait ses formes. Une interminable écharpe mauve pendait de son cou jusqu'à ses genoux, se balançant à chacun de ses mouvements. Cadin claqua la portière alors qu'elle passait près de lui en se contentant d'un rapide bonjour de la tête. Il accéléra le pas pour la rattraper.

– J'avais deux ou trois choses à vous demander. Ça ne vous gêne pas si je vous accompagne un bout de chemin ?

– Que ça me gêne ou pas, je ne vois pas ce que ça change... Qu'est-ce que vous voulez savoir ? Je vous ai déjà tout dit...

– C'est souvent ce que l'on croit, et après on s'aperçoit que des détails que l'on jugeait insignifiants avaient une importance capitale. Vous vous souvenez de votre rencontre avec Alain ?

Elle bifurqua sur la gauche, sans prévenir.

– À la maternelle... On se connaît depuis toujours...

Cadin la rejoignit en allongeant ses enjambées.

– Si vous voulez jouer à ça, je peux m'y coller moi aussi : vous avez couché ensemble quand, pour la première fois ?

Elle s'arrêta pour le toiser, un sourire amer aux lèvres.

– Vous n'êtes pas encore au point, inspecteur Cadin. Vos collègues ont du vocabulaire, eux. Ils disent « baiser », « se faire mettre »... Allez-y, essayez... On prend très vite le pli quand on est flic.

Il était prêt à tourner les talons, imprimant déjà le mouvement à ses épaules. Les larmes qui gonflèrent les paupières de Michèle le retinrent. Il la prit par le bras quand elles commencèrent à rouler sur ses joues.

– Venez... Ma voiture est à côté.

Elle éclata en sanglots dès qu'elle fut assise. Désemparé, il ne sut que lui tendre les Kleenex mentholés offerts la veille par le pharmacien, puis il se mit à conduire à travers Marcheim, laissant au hasard le soin de rouler en direction de la centrale.

– Je m'excuse pour tout à l'heure... Je ne voulais pas vous faire de mal... Où est-ce que je vous dépose ?

– Je vais à la gare... C'est dans l'autre sens... On s'est mis ensemble avec Alain il y a deux ans, à peu près à l'époque où la communauté de Boris Undermatt a éclaté... Deux ou trois mois avant...

– C'est le groupe qui habitait dans la ferme, sur les terrains de la centale ?

– Oui... Moi, je n'étais pas avec eux, j'y allais seulement lorsqu'ils faisaient venir des groupes ou qu'ils organisaient des fêtes... Un soir il y a eu un bal folk avec des types de Paris, Coup d'Rouge... Ils passent de temps en temps à la radio ; maintenant ils s'appellent Traces. On a dansé, et ce qui devait arriver est arrivé... Il est venu habiter à la maison le mois suivant...

– Après la disparition d'Undermatt ?

Michèle Shelton demeura silencieuse quelques instants.

– Je ne me souviens pas exactement... Ça devait être juste avant qu'on le retrouve mort... Alain a fait un vrai blocage à ce sujet. Il ne voulait pas qu'on en parle, il m'a même interdit de participer à son enterrement.

Cadin gara l'avant de la Renault dans l'un des emplacements en épi, sur la place de la Gare.

– Il y est allé, lui ?

– Bien sûr que non...

– Il vous a donné une explication ?

– Non. Ils ne s'entendaient plus, c'est tout... Je connais pas mal d'amis qui se sont mis en communauté. Au début, il n'y a que des avantages : on n'a plus les parents sur le dos, on parle des mêmes choses, on écoute la même musique, on se libère des horaires pour les repas ou le sommeil... On passe des nuits entières à se dire ce qu'on a sur le cœur. C'est comme si on choisissait sa famille... Ils s'aperçoivent très vite qu'il faut un minimum d'organisation et de discipline pour que la maison commune ne se transforme pas en écurie... C'est formidable de pouvoir manger à n'importe quelle heure, mais encore faut-il que le frigidaire soit plein et que quelqu'un ait pensé à payer la facture d'électricité... Pareil pour le ménage, la vaisselle, le nettoyage des fringues... Et les trois quarts du temps, ce sont les filles qui doivent se dévouer... Boris avait imposé des règles, de manière assez autoritaire, et je crois que c'est cela qui n'avait pas plu à Alain...

– Ils étaient combien dans la ferme ?

– Entre quinze et vingt... Ça bougeait, ce n'était jamais les mêmes... On peut dire qu'il y avait un noyau stable d'une dizaine de personnes.

– Vous savez ce qu'ils sont devenus, ces dix-là, après la disparition de Boris Undermatt ?

Michèle ramena son écharpe mauve autour de son cou.

– Ils se sont dispersés... La mort de Boris leur a montré qu'il était temps de sortir de l'adolescence... Alain a commencé à travailler, en même temps qu'il organisait le combat contre l'implantation de la centrale. Les seuls à être restés un peu dans ce trip, à vivre ensemble, c'est la bande à Regain...

– La bande à Regain ?

– Oui, c'est comme ça qu'on les appelait... Regain est peintre, et il avait autant d'influence que Boris... Trois mois après l'accident, il a été renversé par une voiture. Il se déplace sur une chaise roulante... Je n'ai jamais eu assez de courage pour aller le voir à l'hôpital...

– Où est-ce que je peux les trouver ?

– Aux dernières nouvelles, ils se seraient installés dans un entrepôt abandonné du port du Rhin, près de la centrale thermique, en face de Kehl. Ils élèvent des animaux... Alain m'a offert un petit tableau de lui la veille de son assassinat. Un portrait...

– Le vôtre ?

– Non, celui d'une gamine. Une petite sauvageonne aux cheveux blonds et aux yeux noirs... Le contraire de moi.

La jeune femme ouvrit la portière et s'extirpa de la Renault en cognant son triskaël contre la vitre. Elle gratifia l'inspecteur d'un sourire avant de courir vers la micheline qui venait de se ranger le long du quai. Cadin remit le cap sur Strasbourg. Il fit une halte au commissariat de la Nuée-Bleue où l'attendait une impressionnante pile de dossiers à vérifier, à compléter : Haueser avait découvert une escroquerie à l'assurance portant sur près d'une centaine de véhicules, et chacun des vols simulés nécessitait un procès-verbal argumenté. Le reste de l'après-midi fut englouti dans ce travail répétitif. Cadin ne sortit de son bureau qu'une fois, en entendant des cris qui montaient du hall d'« accueil ». L'inspecteur Gossen, aidé par trois gardiens en tenue, faisait rentrer à coups de pieds, de poings, deux mômes d'une quinzaine d'années dans la cage. Les « putains de ta race », les « enculés » volaient aussi bas que les gnons. Derrière les grilles, les gamins aux cheveux ras, délestés de leurs ceinturons, de leurs lacets, de leurs insignes, continuaient à gueuler, à éructer, à dresser un index rageur vers les képis. Ils ne virent pas arriver les seaux d'eau froide qui calmèrent leurs ardeurs. Cadin s'était remis à ses mentions jumelles au bas des formulaires de vol quand Gossen vint lui tendre un café.

– Quels petits cons ! Je ne vais pas les louper sur mon rapport. J'ai des bleus partout. Ce qu'ils portent aux pieds, c'est des pompes de sécurité !

– C'est la bande de la Robertsau ?

– Non, ils ne viennent même pas des cités de Hautepierre. On les a chopés à Oberhausbergen, chez papamaman. On avait été avertis par un promeneur qu'il se passait des drôles de choses dans le cimetière du chemin des Bornes. En fait, ils l'avaient pris pour une piste de gymkhana : ils se sont amusés à faire de la moto tout terrain dans les allées, sur les tombes... Une quinzaine de stèles sont tombées par terre... Comme le terrain est argileux et qu'il est gorgé d'eau avec les pluies des derniers jours, on les a presque suivis à la trace... On se demande ce qu'ils ont dans le crâne. Ça ne manque pourtant pas les endroits pour faire de la moto...

Cadin fit pivoter son siège pour se trouver face au plan de l'agglomération. Il pointa du doigt le cimetière militaire, le cimetière Saint-Gall, le cimetière central, le cimetière Saint-Urbain, des espaces verts plantés de croix catholiques, avant de repérer le chemin des Bornes. Les croix étaient remplacées par des rectangles décorés de l'étoile de David.

– Tu n'as pas remarqué que c'était le cimetière juif? Ça explique sûrement pourquoi ils sont venus là...

L'inspecteur Gossen s'approcha à son tour de la carte.

– Je ne crois pas qu'il faille en rajouter, Cadin... Si c'était ce que tu penses, ils auraient laissé des inscriptions, croix gammées et tout le tremblement. Je n'ai rien vu de ça, chemin des Bornes.

Cadin n'insista pas, il avait assez à faire sans venir fourrer son nez dans l'enquête de son collègue. Mais il savait qu'à sa place, il ne serait pas assis là, tranquillement, un gobelet de café fumant sous le nez. Il aurait fichu sens dessus dessous les baraques des deux mômes à la recherche du moindre symbole néo-nazi, médaille, disque, livre, fanion... Il savait qu'on ne profane pas les alignements de tombes sans raison. Et que lorsque l'on traite les cadavres comme des vivants, c'est pour leur signifier qu'on ne croit pas à leur mort. Qu'elle est feinte. Que ces corps appartiennent à un peuple de faussaires, de menteurs, de mystificateurs. Il savait également qu'au terme de leur logique infernale, ces vidangeurs de mémoire proclamaient que si un seul n'était pas mort, c'était bien la preuve évidente que six millions d'autres ne l'étaient pas. Le café automatique l'écœurait. Il attendit le départ de Gossen pour aller le jeter dans le lavabo.

La centrale thermique se trouvait de l'autre côté du grand pont d'Anvers, derrière le port au charbon et ses grues aux poutrelles arrondies par la suie. Le relief rouge de la marque d'anthracite, Starlette, glissait sur le ciel gris, au rythme lent du pont roulant. Dans sa recherche des entrepôts squattés, il se perdit le long des immenses bassins nés du Rhin, échouant à la nuit tombée devant la gare des Ports. Les lumières germaines se noyaient dans le fleuve, de part et d'autre de la frontière tracée au mitan du lit. Un douanier affecté aux anciens chemins de halage lui montra des bâtisses dont les façades crénelées émergeaient d'un alignement de peupliers. Il hasarda le train avant de la Renault sur un parking jonché de matériel téléphonique mis au rebut. Il descendit, progressa au milieu des écouteurs, des cadrans à ressort, des fils, des boîtiers, écrasant la bakélite. Le premier chien commença à hurler quand Cadin se prit les pieds dans la menuiserie d'un standard et chuta de toute sa hauteur, dispersant sur la pente une cargaison de bidons. Le reste de la meute suivit, couvrant les échos métalliques des roulements. L'inspecteur enjamba les rails rouillés d'une voie à petit gabarit qui allait s'égarer dans les herbes folles. Les aboiements des cabots redoublèrent à son approche, il les voyait maintenant qui se jetaient contre un grillage déformé par leurs assauts. Il identifia un berger allemand, un briard, deux bestiaux roux croisés de setters, un labrit, ainsi qu'un danois aux babines pendantes. L'entrée, une lourde porte d'usine, était couverte d'une fresque d'inspiration pop'art, des profils dont les lignes de force donnaient naissance à des lettres psychédéliques. Cadin songea à une vague imitation de Bill Graham et parvint à déchiffrer les mots « Grateful Dead », puis juste au-dessous, dans un phylactère, le nom que lui avait indiqué Michèle : « Regain ». Un battant s'entrebâilla alors qu'il tendait la main vers la ficelle nouée à une cloche. Un type d'une vingtaine d'années pointa son visage en éruption acnéique dans l'interstice. Il toisa l'inspecteur d'un air revêche.

– Vous cherchez quoi ?

Cadin pointa le doigt sur la bulle.

– Je crois que j'ai trouvé... C'est vous Regain ?

– En tout cas j'en suis... Qu'est-ce que vous leur voulez aux Regain, si ce n'est pas indiscret.

L'inspecteur fit prendre l'air à sa carte tricolore, s'attirant une grimace de dégoût.

– J'enquête sur la mort d'Alain Dienta. Comme vous le connaissiez, du temps de la communauté d'Undermatt, j'aurai quelques questions à vous poser... Je peux entrer.

Il avait joint le geste à la parole. Le boutonneux s'écarta de mauvaise grâce et laissa les chiens se jeter sur le flic, jappant, grognant, léchant, reniflant. Cadin le suivit jusqu'au premier hangar en évitant les charges du danois et les effusions baveuses des deux setters. À un moment le labrit s'accrocha à sa jambe, la prenant pour une femelle. Il traîna le corniaud excité sur plusieurs mètres avant de s'en débarrasser d'un coup de talon bien ajusté. Seul le berger allemand se tenait à l'écart, oreilles relevées, tout à la surveillance et au contrôle de la scène.

Ils pénétrèrent dans un vaste hall de stockage désaffecté encombré de détritus, de gravats, de machines déglinguées. Les squatters se contentaient d'occuper une enfilade de bureaux vitrés de chaque côté, vraisemblablement ceux de la maîtrise, desquels on pouvait observer les ateliers disposés de part et d'autre. Cadin dénombra cinq personnes, trois garçons et deux filles, dispersés dans des piaules qui empestaient le chien humide et la pisse de chat. Il repéra plusieurs spécimens de greffiers, du chartreux snobinard à l'apache de gouttière. Des odeurs de décoction arrivaient par bouffées, au gré des courants d'air. Dans la cuisine une fille habillée d'une robe indienne touillait la mixture qui exhalait le concentré de chou monté et de poireau avancé. Cadin se demanda si ce n'était pas cette tambouille approximative qui expliquait la profusion de cratères sur les joues de son guide. Les chiens se firent nerveux à l'approche de la dernière salle dans laquelle ils entrèrent la queue basse. Un homme aux cheveux prématurément gris se tenait assis dans un fauteuil, face à un chevalet. Le tableau était de la même facture que la fresque du portail. Un cheval ailé en route pour l'éternité. Le pinceau, bien qu'agité de tremblements, laissait derrière lui une trace écarlate absolument rectiligne.

– Salut, Regain... Il y a un flic qui se renseigne sur Alain à l'époque de la ferme d'Undermatt...

Regain fit lentement pivoter son siège pour observer Cadin de manière insistante, détaillée, comme s'il jaugeait un modèle.

– C'est bizarre que vous veniez justement maintenant...

Il ne parlait qu'avec une partie de chacune de ses lèvres. Une moitié de lui-même semblait morte et l'inspecteur, fasciné par la morbidité de la scène, suivait la frontière presque visible qui le coupait en deux. L'homme cligna de son œil valide vers le tableau.

– Je le peins en hommage à l'Indien... Crazy Horse, le cheval fou en voyage vers les Hautes-Plaines... Cela vous plaît ?

– J'aime bien... Ça me fait penser à Bill Graham...

Il eut un sourire amputé.

– Vous n'êtes pas très loin... Je m'inspire davantage de Wes Wilson... J'ignorais qu'il y avait des cours sur l'école de San Francisco, à la préfecture. Vous savez qui a tué Alain ?

– Non, pas encore. Vous étiez proche de lui, si je comprends bien...

– Peut-être. Pour moi, Alain c'est un cheval. L'image que l'on se fait des gens est fluide, presque évanescente. Ce que vous vous représentez de quelqu'un n'est pas forcément sa vérité. Nous vivons tous d'une manière terriblement abstraite. Sans nous en rendre compte... Moi je n'ai plus les moyens de jouer la comédie, de me composer le sourire n° 7 ou sa variante en 7 *bis*... J'ai réalisé que tout ce que j'avais l'habitude de faire pour plaire aux autres était inutile. Je ne participe plus aux fausses vérités.

Cadin respira profondément et prit place près du boutonneux sur une banquette qui courait le long du mur, sous la partie vitrée. Les chiens vinrent, au ralenti, s'allonger à ses pieds.

– Le plus simple, c'est peut-être de se limiter à l'image de lui que vous aviez captée... C'est mon boulot de voir si elle correspond à la réalité.

– Ce n'est pas aussi simple que vous le pensez. Les gens n'abandonnent pas leur rôle. Ils ont peur de se connaître, peur d'ouvrir leur armure dérisoire. Ils sont paniqués à l'idée d'exprimer ce qui se dissimule à l'arrière de leur cerveau... Et tout le monde accepte comme un sourire authentique ce que l'on sait n'être qu'une grimace.

L'inspecteur attendit qu'il ait retouché la crinière du cheval fou pour poser une question aussi précise que possible afin d'échapper à la philosophie de bazar du peintre hémiplégique.

– J'ai appris qu'Alain s'opposait fréquemment à Boris

Undermatt, qu'il n'acceptait pas sa manière de diriger la communauté. Cela portait sur quoi, exactement ?

Il capta un léger trouble dans le regard cyclope de Regain.

– Ce n'était pas seulement la manière qu'il refusait... Il remettait en cause presque toutes les directives de Boris. Pas pour devenir vizir à la place du grand vizir, non, il n'était pas comme ça : c'était un baba cool platonicien, il se plaçait dans une optique de prise de conscience, pas de prise de pouvoir.

– Ça se traduisait comment, dans la vie de tous les jours ?

– Boris, c'était un planant. Un planant autoritaire. Il trouvait de l'énergie pour faire organiser son plaisir par les autres. Il y avait toujours des consentants. Alain, de son côté, en avait marre de l'incapacité de la communauté à produire du positif. C'est ce qu'il appelait notre face « mystico-merdeuse »... Il se foutait de notre gueule quand on récitait Kerouac, Burroughs, Watts ou Laing... Il n'avait aucune pitié pour les gourous en formica qui croyaient découvrir l'essence de l'homme à travers des manuels de vulgarisation, genre « La sagesse en dix leçons » ou « Vaincre la solitude par la méditation »... Un coup, il s'est pris de bec avec Boris en lui disant qu'il n'était qu'un Bouddha de pacotille avec une shooteuse dans une main et un digest des Évangiles dans l'autre !

– Il lui arrivait aussi de se piquer, à l'Indien ?

Le fresquiste haussa une épaule en levant un œil au ciel.

– Jamais ! Ce n'était pas une question de morale : pour lui, les flics rentraient par la seringue... Il se méfiait de la dope. Ces idées-là lui venaient peut-être de ses parents prolos, des mineurs du bassin potassique... Je crois que, profondément, Alain était le militant d'une cause. Il lui arrivait de boire un coup, de tirer sur un joint, c'est tout. Il appelait ça un « réchauffeur d'atmosphère »... Son truc, dès le départ, c'était la lutte contre les docteurs Folamour du nucléaire civil.

La fille en robe indienne entra dans l'atelier du peintre, précédée d'un chariot sur roulettes qui supportait le chaudron fumant qu'elle touillait quelque temps plus tôt. À son approche, les chiens se mirent à pousser de petits cris plaintifs. Elle emplit trois bols et les tendit à tour de rôle aux occupants de la pièce. Cadin tenta, en vain, de refuser la soupe que Regain et le boutonneux avalèrent bruyamment. La jeune femme se baissa pour ramasser deux grossières jattes en bois égarées au milieu des boîtes de peinture, puis elle se mit en devoir de les garnir à ras bord des légumes qu'elle pêchait au fond de son récipient tout en appelant les animaux par leur nom. Les chiens et deux chats observaient les gamelles à distance. Ils finirent par s'en rapprocher, sans enthousiasme excessif, flairant d'une truffe circonspecte. Cadin aspira un filet de bouillon fade.

– Je crois qu'ils préféreraient manger la viande du pot-au-feu plutôt que les légumes, surtout le berger...

Il comprit, à leur mine catastrophée, qu'il venait de franchir la ligne jaune. La jeune femme jeta un regard en forme de demande au peintre qui l'autorisa à intervenir d'un signe de tête.

– Cela fait trois ans maintenant que nous vivons tous, ici, sans avaler la moindre protéine animale. Viande comme poisson. Je ne me suis jamais aussi bien portée. Les chiens et les chats n'en ont pas plus besoin que nous. D'ailleurs ils n'en réclament pas...

Cadin se crut obligé d'insister pour ne pas perdre la face.

– Je suis certain que si je leur présente un poulet, ils ne diront pas non...

Ce fut le boutonneux qui se chargea de lui répondre.

– C'est normal, on les a habitués à cette alimentation pendant des siècles... En fait ils n'ont pas de notion de viande. Qui peut penser qu'un chat qui bouffe du Ronron sait que c'est à base de viande ? Il avale ce qu'on lui donne. Aucun chat n'a demandé qu'on construise des abattoirs pour avoir sa ration de boulettes... Pourtant les animaux de compagnie français mangent, en une année, autant de viande que tous les Africains réunis !

L'idée que l'explication tenait au fait que tous les Africains s'étaient subitement convertis au végétalisme sectaire traversa l'esprit de Cadin. Il se retint de la formuler, laissant son guide achever sa démonstration.

– Nous étions d'accord avec Alain Dienta dans son combat contre le nucléaire, même s'il n'était pas à nos côtés quand nous expliquions qu'il faut un hectare et demi pour produire la viande nécessaire à la consommation d'un être humain, alors qu'un végétarien ingérant des œufs et du lait n'a besoin que du cinquième d'un hectare, et que des végétaliens comme nous n'en exigent qu'un dixième !

9.

Des tableaux sous la choucroute

L'inspecteur Cadin regagna Strasbourg en songeant au fait divers rapporté dans le numéro de *L'Alsace* qui annonçait l'assassinat d'Alain Dienta, l'histoire atroce d'un bas-rouge baptisé Himmler que son maître avait tué à l'aide d'un pied-de-biche après qu'il se fut jeté sur une fillette. Il se demanda si le cabot ne s'était pas vengé des gamelles de soja, de tofu, de carottes et de cardes que lui imposait un propriétaire adepte du végétalisme animal.

Le commissariat de la Nuée-Bleue était pratiquement vide. Le gardien Wicker leva le nez du rapport qu'il tapait sur son antique Japy.

– Le commissaire Brück vous attend aux Trois-Lièvres, rue des Juifs... Il y a une opération en cours mais je n'en sais pas plus.

Le lieu de rendez-vous de tous les routards de passage à Strasbourg se trouvait à cinq minutes du poste, en plein cœur du vieux centre. Cadin entra dans la salle. La rythmique des Doors, poussée à fond, faisait vibrer jusqu'au nuage de fumée qui s'appesantissait au-dessus des tables. Il resta un petit moment à lire les annonces des freaks épinglées sur le tableau, tout autour de la carte. Des obscures comme *Recherche Peace-Man saddhu rencontré la nuit du 12 mars devant l'église Saint-Thomas. On a parlé mystique et de cerveau. Pierre Mons Cité U, V3 C 311, 67 Strasbourg,* ou des plus classiques comme *La communauté de Frayssnous est menacée d'expulsion par l'État et par ses flics. Venez nous voir, nous soutenir : Rebourbgil, 12, Sainte-Affrique.*

Cadin aperçut le commissaire Brück attablé incognito devant une bière, au milieu d'une dizaine de chevelus, ainsi que plusieurs autres collègues tout aussi habilement dissimulés dans le décor. Il s'accouda au bar, commanda une Schweig et la sirota en essayant de comprendre ce qu'il allait devoir faire. Son attention fut attirée, un quart d'heure plus tard, par le départ d'une vingtaine de consommateurs vers le local situé au premier étage. Il suivit le mouvement quand Brück s'engagea à son tour dans l'escalier. Le restaurant avait été transformé en salle de projection. Une petite foule d'habitués des Trois-Lièvres occupait la centaine de chaises disposées face à l'écran, clope au bec, demi à la main, des couvertures accrochées aux cadres des fenêtres filtraient la lueur des réverbères. Un type aux cheveux longs très bruns, le bas du visage mangé par un foulard noué à la outlaw, les épaules serrées dans un cuir cintré, les parties saillantes sous le jean moulant, vint se placer devant le rectangle blanc, imposant le silence par sa seule présence.

– Je vous remercie tous d'être venus au deuxième Festival sauvage du film sans censure, alors que notre seule publicité reste le bouche à oreille. Nous ne sommes pas du genre à défiler devant les écoles de cinoche, devant les fenêtres des producteurs en braillant : «Je veux faire du cinéma différent. » Le problème, aujourd'hui, ce n'est pas la thune, c'est la volonté. Le cinéma différent, il faut le faire en super-huit. Une caméra pour moins de mille balles, la minute de film couleur à moins de dix francs. Tout le monde peut shooter le monde, et les films que nous allons vous présenter ce soir vont le prouver aux sceptiques !

Le serveur appuya sur les interrupteurs, répondant au signe du projectionniste qui fit ronfler le moteur et les crantages de son Citévox ST 1200D. Les films, dépourvus de visa de censure, ne comportaient pas de générique, seul le titre pouvait permettre d'identifier le réalisateur. La première image, tremblante, qui anima l'écran fut celle d'une plaque connue de tous les Strasbourgeois, « Rue du 22-Novembre », puis un lent travelling filmé depuis une portière de voiture remonta la voie jusqu'à la place Kléber, accompagnant un homme de soixante-dix ans habillé d'un uniforme de cadet de la marine impériale allemande. Une voix off s'interrogeait tout d'abord sur l'étrangeté de la date portée dans le bleu de la plaque émaillée, les villes de France célébrant ordinairement l'Armistice, le 11 du même mois de 1918, puis le vieil homme se tournait vers la caméra pour expliquer que, le 9 novembre, plusieurs milliers de soldats allemands venus de Kehl, des marins mutinés pour la plupart, s'étaient rassemblés sur la place Kléber pour y dégrader des dizaines d'officiers et proclamer la création du Conseil des soviets de Strasbourg ! Une partie de la population et des paysans des campagnes environnantes fraternisent avec ceux qui ont planté des drapeaux rouges jusque sur la flèche de la cathédrale. La même fièvre s'empare de toutes les villes des deux provinces annexées en 1870 : Mulhouse, Haguenau, Sélestat, Sarrebrück, Forbach. A Colmar, on bafoue l'autorité du futur maréchal Rommel qui doit composer avec un soviet de soldats. À Metz, on ne trouve pas de drapeau écarlate, et c'est la communauté turque qui prête son emblème, masquant le croissant à l'aide d'une couche de minium. À Thionville, c'est un acteur qui dirige le conseil, un aumônier à Sarrebourg, un pasteur à Neuf-Brisach. Les mines et les usines comme De Wendel sont occupées, on y instaure des conseils de travailleurs qui décident d'augmentation de salaires, de droits syndicaux, d'autogestion. Le 22 novembre 1918, les régiments bretons font leur entrée dans Strasbourg, libérant la ville non des troupes d'un empire allemand évanoui, mais des éphémères soviets de soldats, d'ouvriers et de paysans. Des documents d'époque, affiches, tracts, photos, venaient s'imprimer sur les traits du vieux soldat révolté, comme les lambeaux d'un rêve au sortir du sommeil. Le film s'achevait au pont de l'Europe, devant le poste frontière. L'insurgé en uniforme de cadet pointait le doigt en direction de Kehl.

– Dans les livres d'histoire, on vous dit que l'Alsace et la Lorraine ont été rattachées à la France dès novembre 18. Il n'y a rien de plus faux. Nous avons vécu sous le joug d'une administration militaire d'exception qui nous a fait payer l'affront fait à la cathédrale de Strasbourg. Il nous a fallu prouver notre appartenance au peuple français, devant des « Commissions de réintégration dans la nationalité française » présidées par des officiers du Deuxième bureau. Plus de cent cinquante mille d'entre nous, les plus remuants, ont été expulsés vers l'Allemagne... Quinze ans plus tard, ils ont été les premiers à peupler les camps de concentration nazis.

Puis, d'une voix frêle et tremblante, il se mit à chanter *L'Internationale* en alsacien, a cappella, sur l'image revenue de la plaque de rue, tandis que s'affichait une déclaration faite par le futur maire de Strasbourg, Jacques Peirotes, au journal *L'Humanité* du 24 avril 1919 :

> Le peuple alsacien, et c'est tout naturel, a cru avec une ardeur mystique que l'arrivée des Français, ce serait l'entrée au Paradis. Il s'en faut. Chacun s'est figuré naïvement que, du jour au lendemain, il aurait son pain blanc, son bifteck, et surtout la liberté ! Hormis le pain, ce n'est pas cela. Et c'est le reste qui importe.

La lumière se ralluma, au fond de la salle, le temps que l'opérateur change de bobine. L'inspecteur Cadin suspendit ses applaudissements, qui se mêlaient à ceux des autres spectateurs, en croisant le regard du commissaire Brück. Après une nouvelle intervention de l'organisateur clandestin qui proclama, grâce au super-huit, « la fin de l'idéologie par la négation de l'appareil production-distribution qui impose forme et contenu aux films », le programme se poursuivit avec un pastiche de film noir, *Just by accident,* et *Tranche de vie sur bouche de chaleur*, racontant la descente aux enfers d'un clochard parisien.

Cadin comprit ce qu'ils étaient venus faire aux Trois-Lièvres quand furent diffusées les images initiales des *Filles du Lot*, un court-métrage sex-vampire de la plus pure veine expressionniste baignant dans les sons éthérés de Terry Riley. Chacune des bobines permettait maintenant de grimper d'un degré dans l'exhibition de la nudité. Les poils pubiens apparurent au détour d'un plan de *La Blessure* et la première bite, au repos, incrusta son reflet dans une glace du salon de *La Horla*. Il n'y avait pas là de quoi fouetter un chat. Le commissaire Brück était pourtant bien renseigné, même si le titre du film délictueux, *Boxing Match*, semblait anodin. Deux boxeurs aux yeux faits, aux lèvres peintes, short rouge à droite, short bleu à gauche, s'affrontaient sur un ring, dansant en sautillant tout au long du premier round sans réussir à se porter le moindre coup. Ils s'asseyaient chacun dans leur coin, jambes écartées, et les managers plongeaient les mains à leur ceinture, les obligeant à exhiber leur sexe et leurs couilles congestionnées sous les hurlements d'un public qu'on découvrait composé uniquement de travestis. Et c'est au moment où les deux sportifs se mirent à se masturber en cadence sans quitter leurs gants de boxe qu'un coup de sifflet retentit dans la salle, couvrant les halètements des castagneurs. Les lumières des néons affadirent l'image. L'inspecteur principal Gossen s'était plaqué contre la porte d'entrée, interdisant toute retraite vers le bar, tandis que Brück se saisissait du matériel de projection, de toutes les bobines de film.

Quand le début de panique fut maîtrisé, les gardiens commencèrent à filtrer les spectateurs en notant les identités sur un cahier à spirale. La contribution de Cadin à la défense de l'ordre moral se limita à prendre la déposition du patron des Trois-Lièvres qui jurait sur ses grands dieux qu'il ignorait tout de la programmation de films portant atteinte aux bonnes mœurs, et qu'il pensait seulement venir en aide à de jeunes créateurs en butte à l'hostilité et au mépris d'une industrie cinématographique sclérosée. Cadin vérifia pour la forme le travail des gardiens en lisant les mentions portées sur le cahier d'écolier tandis que les gens se dispersaient. Un nom, Pierre Obrieu, attira son attention, sans qu'il se souvienne sur le moment où il l'avait déjà rencontré. Il ouvrit son calepin, le feuilleta sans trop d'espoir et retrouva l'Obrieu en question à deux reprises. Une première fois sur la liste des candidats de Verts Demain, une seconde fois dans celle des personnes présentes chez Michèle Shelton et Gérard Moreux, lors de la soirée fumette interrompue par l'opération coup de poing du 17 janvier précédent. Il rattrapa l'écolo dans la rue des Juifs, devant le fourgon HY où le présentateur et l'opérateur du Festival sauvage du film sans censure se tenaient assis, face à face, entre des policiers en uniforme. Il lui mit une tape sur l'épaule alors qu'il s'éloignait en direction de la place de Broglie.

– J'ai l'impression que nous avons encore quelques petites choses à nous dire.

– Cela m'étonnerait... Je buvais un pot à la brasserie et on m'a dit qu'il y avait du spectacle au premier. Je suis monté, c'est tout... Je ne vois pas où est le mal là-dedans.

– Écoutez, je me fiche pas mal des films pornos dès l'instant où ils sont projetés devant des adultes majeurs et consentants... Ce qui m'intéresse, par contre, c'est de parler avec vous de ce qui s'est passé à Marcheim, et tout particulièrement d'Alain Dienta.

L'homme accusa le coup, bredouilla.

– Je ne sais rien... On ne se fréquentait pas vraiment... On se rencontrait de loin en loin... Je n'ai pas compris, pour ce qui lui est arrivé...

Cadin l'entraîna vers un bar glauque tapi dans l'ombre austère du collège Saint-Étienne. Le patron, qui échangeait la tranquillité des deux piaules situées au premier contre un coup de téléphone hebdomadaire passé à Gossen dans son bureau de la Nuée-Bleue, fit semblant de ne pas reconnaître l'inspecteur. C'était un ancien comédien qui avait eu son heure de gloire vingt ans plus tôt grâce à un rôle dans *Les Casse-pieds*, au côté de Noël-Noël, et qui fermait son établissement chaque année, début mai, pour suivre la programmation du festival de Nancy. Il installa ses deux clients en fond de salle, à l'écart des groupes d'étudiants occupés à lifter le monde. Cadin planta les coudes sur la table, le menton sur ses doigts croisés.

– Je suis prêt à admettre que vous n'avez fait que frôler l'Indien sur les estrades électorales, mais je crois moins à l'efficacité de vos manœuvres d'évitement quand vous participiez à ces soirées très conviviales organisées par Michèle Shelton au 15 de la rue Grande...

Pierre Obrieu marqua le coup en rougissant. L'arrivée des deux chopes de Schweig lui octroya un répit. Il plongea le nez dans la mousse.

– Ce n'est pas ce que je voulais dire ; je ne suis pas le genre de salaud qui cherche à se démarquer d'Alain, bien au contraire. Disons que, sur toute cette histoire, je me suis contenté de suivre le mouvement. Je me foutais de toutes leurs théories fumeuses sur le refus collectif des contraintes imposées par la société... Je trouvais débile cette idée de communauté rurale financée par l'argent de poche donné par papa et maman, au moment où les paysans sont obligés d'émigrer en masse vers la ville. Je ne me faisais pas à l'idée de voir mon horizon bouché par une montagne de béton radioactif, c'est tout.

– Vous lui connaissiez des ennemis, à l'Indien ?

Obrieu fouilla dans ses poches à la recherche d'un

paquet de Celtique. Cadin refusa la cigarette tendue, préférant allumer un Meccarillos.

– Il en avait, comme tout le monde. Un peu plus, peut-être, à cause de ses engagements politiques ou syndicaux...

– Je m'en doute... Je parlais surtout du groupe dans lequel il évoluait... J'imagine que ça devait faire des étincelles avec quelqu'un comme Moreux...

– Les problèmes de couple montrent rapidement les limites de la vie en collectivité. Il était vraiment accroché à Michèle. Ça ressemblait à un premier amour. Et quand il a découvert qu'elle sortait également avec Gérard, il est devenu fou furieux. Ils se sont battus comme des chiens. Moreux était le plus costaud : il l'a laissé sur le carreau, pour le compte.

Cadin se leva pour aller prendre un œuf dur sur le présentoir du comptoir. Il décolla la coquille en le faisant rouler sous sa paume.

– Je crois qu'ils ont fini par recoller les morceaux, non ?

– Pas vraiment. Alain ne s'est jamais remis avec personne. Mordu comme pas un... Il ne pouvait pas s'empêcher de revenir voir Michèle, mais il n'adressait plus la parole à Moreux. Il lui a même interdit de figurer sur la liste alors que Gérard appartenait à l'association depuis le début.

L'inspecteur reprit une Schweig : le jaune collait à l'œsophage.

– Il n'a pas dû le prendre très bien...

– Pas vraiment : ça faisait un peu mise en quarantaine... Gérard n'est pas du genre à s'extérioriser. Il a mis son mouchoir par-dessus et il s'est occupé de ses affaires.

– Vous connaissiez Boris Undermatt, le gourou mort d'une overdose ?

Pierre Obrieu rassembla les débris de coquille du bout du doigt pour en faire une ligne entre les verres.

– Je ne l'ai rencontré qu'une fois, peu de temps avant qu'on le retrouve les veines explosées... Je travaille aux Domaines, à Mulhouse, et ils étaient venus à une dizaine lors d'une vente aux enchères pour acheter un lot de vieux groupes électrogènes de l'armée...

Ils se séparèrent alors que deux heures sonnaient aux clochers. La nuit sans lune plaquait un ciel noir sur les toits. Cadin n'avait pas sommeil. Il traversa la ville aux façades closes, ne croisant que des touristes attardés. Ses pas le conduisirent devant le plan d'ouverture du premier film du festival avorté, au débouché de la place Kléber. Il leva les yeux sur la plaque émaillée bleue, « Rue du 22-Novembre », recherchant dans sa mémoire les traits du vieux conseilliste déguisé en cadet. Il traversa la place en direction de la vitrine aux arêtes cuivrées emprisonnant les baromètres témoins du rez-de-chaussée de l'Aubette.

Trois mois auparavant, il était intervenu dans l'aile droite de l'ancienne caserne du corps de garde de Strasbourg, à l'appel du directeur des salons Ricard. Le jour de l'inauguration d'une exposition consacrée à l'art local et régional, un énergumène s'était précipité, un marteau à la main, sur un tableau réalisé en marqueterie, représentant l'horloge astronomique de la cathédrale due à Schwilgué. L'œuvre détruite, l'homme s'était attaqué au mur, défonçant la couche d'isolant qui faisait barrage à l'humidité montant des fondations de l'antique bâtiment. Ils n'avaient pas été trop de trois pour le maîtriser. Une fois transféré à la Nuée-Bleue, l'homme s'était révélé être un ancien collaborateur du Musée alsacien qui avait accompagné Hans Arp dans l'Aubette lors de la dernière visite du sculpteur au tout début des années 60. Il ne cessait de répéter à Wicker une histoire de chaise d'où, semblait-il, tout était parti. L'inspecteur se disposait à faire appel aux services d'intervention psychiatrique des hôpitaux civils quand Cadin s'était souvenu d'un article des *Dernières Nouvelles d'Alsace* paru à l'occasion du dixième anniversaire de la mort de Hans Arp. Cadin avait repris l'interrogatoire de zéro.

– Qu'est-ce que c'est que cette histoire de chaise ? Vous n'avez pas défoncé le travail de toute une année d'un artiste en marqueterie pour une chaise !

L'homme au marteau exigea une bière avant de reprendre ses explications. Haueser lui fit cadeau d'une des Jubilator qu'il tenait au frais sur le rebord de la fenêtre des toilettes, bien exposée au nord.

– Vous savez au moins qui est Hans Arp ?

Cadin lui parla des sculptures disséminées sur les pelouses des résidences de la rue Charles-de-Gaulle, lui arrachant un sourire condescendant.

– Oui, oui... Mais il était également poète, peintre et dessinateur, dadaïste tyrolien et surréaliste bilingue... À partir de 1926 avec sa femme Sophie Taeuber et son ami Van Doesburg, ils ont réalisé dans l'Aubette le plus vaste ensemble d'art abstrait du monde commandé par deux industriels mulhousiens, les frères Horn ! Il y avait un cinéma, un restaurant, un dancing, un salon de thé, une brasserie... Tout était peint, les murs, les plafonds, les escaliers... Ils ont dessiné les meubles, le papier peint, les luminaires, les radiateurs, les cendriers... Un véritable Lascaux de l'art non figuratif !

– Je n'ai rien vu de cela dans les salons Ricard...

– Normal, il n'en reste plus rien... Presque tout a été détruit. Quand j'ai fait visiter l'Aubette à Hans, en 64, nous avons juste retrouvé un de ses tabourets, mais il avait été repeint en gris...

– Qui est-ce qui a fait ça ? Les Allemands ?

– C'est l'explication qui est donnée depuis plus de trente ans... Les nazis auraient définitivement effacé un témoignage de l'art dégénéré en prenant possession de la ville, en 1940. En vérité dans cette affaire ce n'est pas l'idéologie qui a tué l'art, mais le commerce. Un choucroutier a repris l'espèce d'espace, en 1938. Selon lui les couleurs primaires de l'archétype d'environnement total n'étaient pas du goût de sa clientèle d'affamés... Il a tout recouvert au Ripolin...

Cadin était parvenu à négocier une nouvelle Jubilator auprès de Haueser, qu'il avait partagée avec le briseur de marqueterie.

– Vous n'allez pas les faire revenir à coups de massue !

– Je n'ai malheureusement pas d'autre solution... Je pensais vraiment que rien ne subsistait du travail de Hans Arp jusqu'à la semaine dernière quand l'électricien venu poser un compteur bleu chez moi s'est arrêté devant une reproduction accrochée dans le couloir. Il m'a dit avoir vu les mêmes motifs à l'Aubette en faisant tomber une cloison alors qu'il refaisait le circuit électrique... J'ai essayé de me mettre en rapport avec les propriétaires, pour vérifier l'information. Personne n'a rien voulu entendre. J'ai envoyé des lettres recommandées. Pareil. Comme le détail de la fresque se trouvait derrière le tableau en marqueterie, je me suis décidé à entreprendre une action spectaculaire le soir de l'inauguration de l'exposition.

Une bourrasque de vent arracha Cadin à sa rêverie. Il releva le col de sa veste et remonta la rue du 22-Novembre pour rejoindre les papillons de nuit du quartier de la gare.

10.

Les merles d'alarme

L'inspecteur Cadin se leva en milieu de matinée, les tempes bourdonnantes. L'épais parfum lilas de la fille qu'il avait ramassée rue Déserte flottait encore dans la pièce. Derrière les vitres embuées, la timide offensive printanière des derniers jours se terminait par un fiasco. Une pluie battante qu'il devinait glacée teintait d'obscur la pierre des Ponts-Couverts. Il ramassa les factures et le journal à la une déchirée que le facteur avait glissés sous la porte, puis se remit au lit. Les nouvelles quotidiennes auraient pu être celles de la veille ou de la semaine suivante sans que personne ne s'en offusque. Seules quelques lignes lui remboursèrent sa fraction d'abonnement : à Guisbourgh, dans le nord de l'Angleterre, des merles gallois, imitateurs fidèles quoique lassants, reproduisaient à l'identique les signaux d'alarme de la banque, obligeant la direction de l'établissement à changer ponctuellement de protection sonore.

Il trouva le courage de s'attaquer à la vaisselle échouée dans l'évier au moment où l'indicatif du journal de treize heures résonnait chez les voisins. Les bruits de l'eau et de l'arcopal heurté parvinrent à couvrir la voix de Mourousi. Profitant d'une accalmie du ciel, Cadin sortit pour récupérer sa Renault à la Nuée-Bleue. Il évita de grimper dans son bureau pour ne pas se faire piéger par le boulot accumulé, et passa quelques appels depuis le téléphone de permanence. Il perdit une demi-heure dans un embouteillage, au milieu d'un paysage noyé, à hauteur d'Erstein. Des mineurs du bassin potassique, casque à lampe sur le crâne, filtraient la circulation de la nationale, guidant les voitures entre les montagnes de sel rose orangé qu'ils avaient déversé sur la chaussée. Ils distribuaient des tracts de même couleur protestant contre la fermeture du puits Rodolphe, situé près de Mulhouse. Cadin se donna bonne conscience en jetant une pièce de cinq francs dans le drapeau tricolore qu'ils promenaient, tendu par les coins, sur la ligne médiane. Il laissa la centrale nucléaire sur sa droite, dépassa les faubourgs de Marcheim, et s'engagea au ralenti sur une petite route récemment asphaltée au bord de laquelle étaient disposées, de loin en loin, de solides et spacieuses demeures.

L'eau ruisselait sur les plaques cuivrées de l'architecte, de l'avocat, de l'huissier que Cadin déchiffrait rapidement en faisant coulisser sa vitre. La voie finissait en impasse. Elle butait sur une colline plantée de sapins au milieu desquels serpentait une allée recouverte de gravier. Il l'emprunta pour venir se garer devant une grosse maison de maître flanquée de deux serres arrondies où s'activaient des jardiniers. Derrière s'étendaient les pépinières. Une femme d'une cinquantaine d'années, le visage triste, était apparue sur le perron à l'approche de la Renault. Cadin la rejoignit, se présenta. Elle s'essuyait les mains, tachées par la peinture, et le conduisit jusqu'au premier étage au travers de pièces à lambris, à moulures, parquets protégés par d'épais tapis, escaliers en volutes, rampe d'ébène, murs couverts de tableaux, meubles chantournés, bibelots, portes à vitraux. Ils dépassèrent un petit atelier d'artiste, façon bohème. Une nature morte maladroite trônait sur un chevalet. Émile Loos se tenait assis devant une baie vitrée qui donnait, après une terrasse couverte de chèvrefeuille, sur les alignements de pousses et de jeunes arbres. Il tourna lentement la tête quand sa femme toussota pour attirer son attention. Elle s'inclina devant Cadin.

– Je vous abandonne.

L'ancien maire de Marcheim délaissa ses dossiers, comme à regret.

– Je vous souhaite la bienvenue, monsieur l'Inspecteur. Vous n'avez pas eu trop de mal à trouver, avec ce temps ?

– Non, il suffit de vivre le fléchage de la jardinerie... J'ai l'impression que je vous dérange, mais je ne devrais pas vous retenir très longtemps...

– Au contraire, c'est l'occasion de lever un peu le nez de toute cette paperasse. Je croyais en avoir terminé avec la mairie... En fait, la passation des pouvoirs municipaux est aussi compliquée que celle d'un ministère. Au fil des ans on accumule les responsabilités, et je ne m'étais pas rendu compte que je présidais autant de commissions Théodule ou Tartempion !

Cadin reposa son épaule contre la bibliothèque. Il remarqua l'impeccable alignement relié plein cuir : une collection complète des Goncourt dont aucun spécimen n'avait dû être lu.

– Est-ce qu'il vous est arrivé de rencontrer ou d'avoir affaire à Alain Dienta ?

La question, directe, ne le désarçonna pas.

– Cela peut sembler étonnant dans une aussi petite ville, mais je ne me souviens même pas de l'avoir croisé. Nous vivions dans des mondes véritablement parallèles. J'ai lu son nom, pour la première fois, quand le préfet m'a communiqué les listes qui se présentaient contre la mienne.

– Par courrier ?

– Oui, bien sûr... Il est classé à la mairie...

– Vous vous rappelez de la date ? À un ou deux jours, près...

Il se pencha sur le bureau pour feuilleter son agenda.

– Je note tout... À mon âge il faut avoir asez d'humilité pour ne plus compter sur sa seule mémoire... Voilà... C'était le 17 février dernier...

Cadin, alerté par la date, jeta un coup d'œil à son propre calepin.

– C'est curieux comme coïncidence...

Émile Loos fronça les sourcils.

– Qu'est-ce qui est curieux, monsieur l'Inspecteur ?

– Rien... Le lendemain une opération coup-de-poing a eu lieu dans un pavillon de Marcheim où se réunissaient quelques-uns de vos adversaires écologistes. Mes collègues ont vérifié les identités, procédé à deux gardes à vue, et saisi plusieurs grammes de haschisch...

– Oui, en effet. Il y a eu un petit article dans le journal. Je ne vois pas ce que vous trouvez de bizarre là-dedans. Ils n'ont fait que leur devoir...

– Ce qui me gêne, monsieur Loos, c'est que cette intervention n'a pas été décidée à la suite d'une enquête ou sur dénonciation. L'opération de descente sur le 15 de la rue Grande s'est faite sur ordre direct du cabinet du préfet...

L'ancien maire prit le parti d'en rire.

– Ah celle-là, c'est la meilleure ! Je dois vous avouer que je ne l'attendais pas. Vous êtes en train de me dire, sans avoir l'air d'y toucher, que j'aurais usé d'une influence supposée sur l'administration préfectorale pour inquiéter mes adversaires, les discréditer même en révélant leurs turpitudes. C'est bien de cela qu'il est question, non ?

Cadin battit en retraite.

– Je me contentais de relever la correspondance des deux dates. J'ai eu le rapport sous les yeux, et en le lisant on ne comprend pas pourquoi le débarquement a eu lieu dans cette maison plutôt que dans une autre... Vous savez aussi bien que moi que tous les fermiers du secteur distillent de la prune et de la mirabelle à plein alambic... Il ne s'agit pas de dix ou quinze grammes de résine de cannabis, mais d'hectolitres de tord-boyaux... Alors je me pose la question : pourquoi eux ?

Émile Loos se laissa tomber dans son fauteuil et fixa Cadin d'un air ironique.

– Allez donc chercher la réponse auprès du préfet puisque vous êtes si malin. Je peux simplement vous faire remarquer que si j'étais à l'initiative de cette opération, j'en aurais utilisé les résultats lors de la campagne électorale. Et pourtant, rien ! Nous aurions dû nous rencontrer plus tôt, inspecteur... Vous me donnez des regrets. Ce sont des conseils de ce genre qui m'ont fait défaut. En étouffant mes scrupules, je serais très certainement arrivé en tête dimanche dernier !

Cadin comprit qu'il ne pourrait pas tirer de lui davantage. C'est en s'approchant de l'ancien maire, pour lui serrer la main, qu'il aperçut le petit tableau posé contre la plinthe, dans un recoin de la pièce. Couleurs et motif ne lui étaient pas inconnus. Au-dessus d'une terre bleue striée de vert, un ciel rose était traversé par une horde de chevaux. Il s'approcha pour déchiffrer la signature tarabiscotée de Regain. Émile Loos surprit son regard.

– J'ai l'impression qu'elle vous plaît, cette horreur ?

– Peut-être... Elle ne me déplaît pas en tout cas... Votre femme est peintre ; j'ai cru voir son atelier tout à l'heure en passant dans le couloir...

– Elle ne se lance heureusement pas dans ce genre de choses... Elle s'intéresse aux fleurs, aux natures mortes. Le problème c'est qu'elle a transmis le virus à son neveu, et que je suis obligé d'accepter un de ses barbouillages à chacun de mes anniversaires...

Cadin reprit sa voiture. La batterie fut avare de ses volts, et il profita de la pente pour lancer le moteur. La musique giclait à pleins baffles par les fenêtres ouvertes du 15 de la rue Grande. Cadin poussa la grille et se heurta à la porte du pavillon sur laquelle il se mit à tambouriner. L'antique « Neu » de Kraftwerk fut arrêté en plein vol. La tête des mauvais jours de Gérard Moreux s'insinua dans l'entrebâillement.

– Si vous vouliez voir Michèle, il faudra revenir : elle n'est pas là... Elle est partie faire des courses.

L'inspecteur bloqua la porte du pied, à la manière d'un vulgaire démarcheur.

– Désolé, mais cette fois-ci la visite est pour vous. Je peux entrer ?

Morreux s'effaça. Cadin le suivit jusque dans la

chambre, au premier, où il s'affala sur l'amoncellement de coussins qui couvrait le sol. Cadin releva son pantalon, à hauteur des genoux, pour s'asseoir en tailleur sous un petit tableau à dominantes rouges représentant le visage d'une adolescente.

– Si vous préférez une chaise, il y en a dans la pièce d'à côté...

– Ça va, je suis encore assez souple... Vous auriez pu me dire, l'autre fois, que vous vous étiez sérieusement battu avec l'Indien, au point de le laisser sur le carreau... J'aurais gagné du temps.

– Excusez-moi, inspecteur, mais je ne suis pas assez calé en voyance pour répondre aux questions qu'on ne me pose pas. Michèle était là, quand c'est arrivé. Vous pourrez comparer nos versions, si ça vous chante...

– Je ne manquerai pas de suivre le conseil. On va commencer par écouter la vôtre, si ça ne vous dérange pas.

Moreux prit une minuscule cigarette indienne et l'alluma avec un air de défi. L'âcreté de la fumée chatouilla les narines de l'inspecteur qui sortit sa boîte de Meccarillos.

– C'est simple comme bonjour... D'aussi loin que je me souvienne, j'ai toujours eu un faible pour Michèle. Le problème, c'est que je n'étais jamais là au bon moment. Quand elle s'est mise avec Alain, tout le monde pensait que c'était l'amour fou et que ces deux-là ne se quitteraient plus jamais... Je n'étais pas loin de partager cet avis. Jusqu'à ce que l'Indien se mette à travailler à la centrale. On voyait que ça allait moins bien... Il passait davantage de temps avec ses copains du syndicat, puis du groupe anti-électrons qu'auprès de sa blonde...

– Michèle Shelton partageait son combat... Je me suis laissé dire qu'elle participait à la rédaction d'un journal, *Klapperstei 68*...

– Oui, mais de loin en loin, sans être une militante acharnée. Elle a commencé à organiser des petites bouffes sympas avec des copines, des copains pour garder le contact, tandis qu'Alain préférait animer ses réunions... Une amie à elle m'a invité, vers la fin novembre, l'année dernière... À la fin de la soirée, je suis resté pour l'aider à remettre la maison en ordre...

– Et l'Indien vous a surpris alors que vous refaisiez le lit, c'est ça ?

Moreux tira vainement une dernière bouffée sur sa Beedi et l'abandonna dans la paume d'un cendrier en forme de main offerte.

– Ce n'est pas très élégant comme formule, mais on ne demande pas aux flics d'être poètes... C'est vrai que nous nous sommes battus. Pas à mon initiative. Je ne vais pas faire le gamin, cafter l'autre qui n'est plus là pour se défendre en disant « c'est lui qui a commencé »... Le hasard a voulu que je prenne le dessus, et que je lui colle un direct bien appuyé dans l'œil...

Cadin écoutait en relisant les notes prises au cours de l'entretien avec Pierre Obrieu, après l'interruption du Festival sauvage du film sans censure.

– Oui, plusieurs personnes m'ont parlé de cette décoration... Le problème pour vous, c'est qu'il n'a pas tardé à vous rendre la monnaie de la pièce...

– Vous devez vous tromper ou on vous a mal renseigné : on ne s'est battus qu'une fois, il n'y a pas eu de revanche.

– L'intérêt de la vengeance, c'est qu'elle se travestit. Elle est souvent perverse, souterraine, inattendue. Quelquefois la victime ne s'aperçoit même pas qu'elle est consommée...

– Je ne comprends pas où vous essayez d'en venir.

Cadin se mit à genoux pour calmer le début de crampe résultant de la tenue prolongée de la position en tailleur.

– Aujourd'hui, vous bottez discrètement en touche sur le fait que vous militiez aussi contre la centrale. Pourtant, en toute bonne logique, vous auriez dû figurer sur la liste Verts Demain. Sauf qu'en représailles, l'Indien vous a fait rayer des cadres le jour de la distribution.

Il y eut un bruit de porte, des pas dans l'allée. Gérard Moreux se releva en se dirigeant vers la fenêtre. Cadin fit de même.

– La politique, ça n'a jamais été mon truc. Je me suis laissé entraîner, à un moment, je ne peux pas dire le contraire, mais je n'ai pas une seule fois rêvé de couper des rubans tricolores ou de rouler en R16 Tx, le pare-brise agrémenté d'une cocarde !

Ils se penchèrent pour apercevoir la traîne de l'écharpe mauve de Michèle flottant près de l'entrée. Moreux plaça un vinyle des Tangerine Dream sur la platine pour accueillir la jeune femme qui grimpait l'escalier. Elle tendit la main à l'inspecteur.

– C'est moi que vous veniez voir ?

– L'un et l'autre... Je viens d'en finir avec M. Moreux...

Gérard Moreux comprit l'allusion et se dirigea vers le couloir. Cadin ferma la porte.

– Vous parliez de quoi ?

– De vous, et des gens qui ont croisé votre vie... Il vous

est arrivé d'inviter Alain aux petites fêtes que vous organisiez, après votre séparation ?

– Bien sûr... Pratiquement toujours ; nous étions restés en bons termes...

– Même après la bagarre...

Un sourire passa furtivement sur ses lèvres à l'évocation du duel des amants.

– Vous êtes au courant ? C'est Gérard qui...

– Peu importe... En additionnant les petites vérités prélevées chez chacun, on finit par se faire une idée. Je n'ai pas vu son nom sur la liste des personnes interpellées ici lors de la descente de police du 18 février. Il n'était pas là ?

Elle releva une mèche de cheveux, plissa les yeux.

– Je ne sais plus... Attendez... Si pourtant... Je lui avais demandé de venir, et il est passé avec plusieurs de ses colistiers... Ils sortaient d'une réunion...

– Ce ne seraient pas Brumath et Obrieu... Leurs noms sont portés sur le procès-verbal...

– Vous avez raison, ce sont eux... Je me rappelle maintenant. Alain n'est pas resté très longtemps... Il a reçu un coup de téléphone. Il est parti aussitôt. Une histoire d'imprimerie qu'il fallait régler sur-le-champ.

Cadin fit un pas vers la jeune femme, à la frontière de son parfum.

– Cette opération coup-de-poing chez vous, justement ce soir-là, vous n'avez pas trouvé cela bizarre ?

Cadin sentit le souffle des mots sur sa peau.

– C'est à vous, la police, qu'il faudrait retourner la question. De mon point de vue, c'est toujours curieux de voir débarquer ce genre d'invités-surprises...

– Je crois que vous n'avez pas compris ce que je veux

dire... Le détail qui me dérange, c'est que cette descente intervienne le lendemain du dépôt des candidatures. Sans cet appel de son imprimeur, Alain Dienta se serait trouvé pris dans la nasse...

Michèle lui coupa la parole.

– Allez jusqu'au bout de votre raisonnement ! Vous tournez autour du pot depuis cinq minutes... C'est quoi l'idée que vous avez derrière la tête ? Qu'Alain s'est vengé de moi en me dénonçant, et qu'il s'est arrangé pour ne pas être là à l'arrivée de vos amis ?

– C'est une hypothèse, mais je ne regardais pas dans cette direction.

– Parce qu'il y en a plusieurs ! Dans laquelle, alors ?

Pour toute réponse Cadin se dirigea vers la porte de la chambre et dévala les marches à toute vitesse. Alors qu'il traversait le jardinet, Michèle l'interpella par la fenêtre ouverte.

– Vous pensez à qui, inspecteur ? À moi, à Gérard ?

Il tourna légèrement la tête en franchissant la grille pour murmurer :

– Je pense beaucoup à vous...

À la brasserie Eisingen, quelques anciens refaisaient le monde d'avant, attablés devant des pichets d'edelzwicker. L'inspecteur s'accouda au comptoir pour avaler une tartine au saucisson de foie et une bière, écoutant vaguement la musique que diffusait un transistor posé sur une étagère, derrière des bouteilles d'alcool renversées sur leurs doseurs.

Mousse, mousse, savon, savonnette,
Toi qui laisses la peau douce et lisse

Fais comme toutes ces chansonnettes
Qui dérangent pas la police...

Un flash spécial interrompit le couplet de Gilbert Lafaille annonçant l'exécution de l'ancien vigile Tramoni, par un commando des Noyaux Armés Pour l'Autonomie Populaire, cinq ans après qu'il eut assassiné le militant maoïste Pierre Overney devant l'entrée des usines Renault, à Boulogne-Billancourt. L'inspecteur demanda au patron de brancher le téléphone, et composa le numéro de Dalbois en songeant à leur rencontre récente dans les bureaux miteux des Renseignements généraux, au-dessus de la librairie érotique de la place de la Maison-Rouge. Là-bas, la bakélite vibra sur le plateau vert passé du bureau. Il se débarrassa de deux secrétaire filtrantes pour accéder à son ancien condisciple.

– Salut, c'est Cadin à l'appareil... Je t'appelle de Marcheim. Le terrain est mouvant. J'aurais besoin que tu éclaires les bas-côtês, pour ne pas que je m'embourbe...

– Demande toujours, je verrai si je connais la route...

L'inspecteur se retourna contre le mur, une épaule soulevée en protection, pour contrarier l'oreille aux aguets du patron.

– Je viens de discuter assez longuement avec Gérard Moreux... Tu le connais ?

– Oui. Il faisait partie de la charrette, en février... Qu'est-ce que tu lui veux ?

Cadin baissa la voix.

– Rien, pour le moment... Il m'a fait une drôle d'impression. Il était un peu trop sûr de lui, comme s'il se sentait protégé... Vous ne l'auriez pas en portefeuille, des fois ?

– Il n'émarge pas. Il se contente de nous rendre des petits services, en échange-marchandises...

– Quel genre ?

Dalbois émit un bruit de chambre à air à l'agonie.

– Il nous affranchissait sur toutes les petites magouilles dans lesquelles grenouillaient ses amis écolos, et nous, de notre côté, on fermait les yeux sur ses fréquents aller-retour en Hollande...

– En clair, c'est grâce à lui que vous avez organisé la descente chez Michèle Shelton, en février, et vous étiez persuadés de tomber sur du gros poisson... L'Indien, par exemple...

– Qu'est-ce que tu veux que je dise, si tu fais les questions et les réponses !

11.

« Musée des voleurs, entrée 5 francs »

Cadin vint se garer devant la devanture de la pharmacie sans jeter le moindre regard vers la boutique dont le néon repeignait sa Renault en vert, par intermittence. Il avait toujours devant les yeux cette photo d'époque, conservée parmi cent autres à la bibliothèque de la place de la République, sur laquelle le patron bombait le torse en brandissant son fanion à svastika, pendant un défilé des jeunesses hitlériennes.

Il avait l'intention de ne faire qu'une brève apparition au commissariat de la Nuée-Bleue, mais, dès son arrivée, il fut accroché par l'inspecteur Haueser qui venait de découvrir la signification cachée de l'expression « aller à Colmar », laquelle semblait avoir bercé sa jeunesse.

– Vous vous rendez compte ? Il faut que j'atteigne les quarante ans, dont une bonne moitié passée dans la police, pour comprendre pourquoi, à chaque fois qu'un oncle, un cousin ou un voisin disparaissait un jour ou deux, on disait avec un sourire entendu qu'il était parti faire des courses à Colmar...

Cadin s'était engagé dans l'escalier, incapable de

prendre la mesure du trouble qui agitait son collègue. Haueser le rejoignit devant la porte de son bureau.

– On ne disait pas ça chez vous, « aller à Colmar » ? Avec des rires en coin...

Un vieux refrain d'enfance, qu'il réprima, traversa l'esprit de l'inspecteur, « Allons à Messine, pêcher la sardine, allons à Lorient, pêcher le hareng ».

– Je ne suis pas d'ici, j'ai juste terminé mes études à Strasbourg... Très sincèrement, je n'ai jamais entendu parler « d'aller à Colmar »... Un prof de droit, un jour, nous a fait un cours sur « aller à Canossa »... En gros, ça veut dire se coucher, baisser la culotte... Je ne sais pas si cela a quelque chose à voir avec Colmar ?

Haueser écarquilla les yeux. La sueur perlait à son front.

– Si, justement, c'est exactement pareil... Coucher, baisser la culotte ! Je suis de Colmar, et toute ma famille vit là-bas depuis des siècles... C'est dur quand ça vous tombe sur la tête !

– Ne vous mettez pas dans des états pareils, Haueser... personne ne jette de pierres aux habitants de Canossa parce qu'un pape, il y a neuf siècles, a obligé l'empereur d'Allemagne à lui présenter des excuses ! C'est ridicule...

– À Colmar, il n'y a pas eu de pape, malheureusement ! C'était une ville de garnison, et d'après ce que je viens de lire, on comptait presque autant de militaires que de Soldatenmädchen...

Cadin leva le nez de la paperasse qu'il paraphait.

– Des soldaten quoi ?

Son collègue s'était laissé tomber sur une chaise, anéanti.

– Des putes! Aller à Colmar, ça veut dire aller aux putes! Il y avait près de dix bordels dans le seul quartier de la gare... Im grösstem négligé, der Oberkörper fast unbedeckt... Les filles aguichaient les passants en se montrant aux fenêtres, les seins ou les fesses à l'air... Des gamines de treize, quatorze ans!

– Vous n'êtes pas responsable de ce qui s'est passé avant votre naissance... Je suis allé au moins une dizaine de fois à Colmar, et je n'ai jamais remarqué qu'il y avait davantage de prostituées qu'ailleurs. Parole de célibataire... Le commissaire Brück est dans son bureau?

Haueser se remit debout d'un seul coup en se plaquant la paume droite sur le front.

– Vous faites bien de me le demander... Il doit accompagner le sous-préfet au journal régional, et il voudrait que vous le rejoigniez là-bas.

– À la télé? Qu'est-ce qu'il me veut, il vous a dit quelque chose?

– Rien d'autre. Juste ça, de le rejoindre...

Cadin s'installa au volant de sa Renault alors que l'apothicaire ajustait la manivelle dans la crémaillère pour baisser son rideau sur ses bandages herniaires, ses antitussifs, ses bas antivarices et les publicités vantant la mort rose des poux. Il traversa la ville en songeant aux filles qu'il ramassait au petit matin, dans le quartier ferroviaire, et qui troublaient tant Haueser.

L'administration avait voulu déguiser le gardien modèle O.R.T.F. en vigile, mais l'uniforme physique et mental prenait eau de toute part. Clope au bec, chemise tendue sur protection ventrale, casquette à visière décentrée, col ouvert et cravate relâchée, le cerbère se borna à se gratter l'entrejambe au passage de Cadin. L'hôtesse en rajoutait dans l'autre sens : sourires, parfum, faux cils, ongles faits. Il s'approcha du comptoir comme s'il allait à Colmar. Elle contourna sa banque pour le guider jusqu'aux cabines de maquillage, faisant résonner ses talons. Le sous-préfet, un petit rondouillard au visage poupin qu'il tentait de vieillir au moyen de montures en écaille, se tenait mains crispées sur les accoudoirs d'un fauteuil de coiffeur, une collerette de Kleenex colorés coincée sur l'arête de la chemise. Une fille, qui n'avait aucun besoin des artifices qu'elle dispensait, lui poudrait le front, le creux des seins à hauteur du nez préfectoral. Elle enleva les lunettes de leur perchoir, pour peigner les sourcils, farder les paupières, et le fonctionnaire adressa un pauvre sourire au commissaire Brück, par le truchement du miroir qui lui faisait face. Il découvrit la présence de Cadin, dans le même éclair.

– Vous vouliez me voir ?

Brück se pencha à son oreille.

– Je vous attendais plus tôt. L'émission va commencer dans cinq minutes, on prendra le temps de discuter après...

On les conduisit vers le studio. Une dizaine de techniciens procédaient aux derniers ajustements de lumière, testaient les micros, réglaient le cadrage des caméras. Le réalisateur se chargea, en personne, d'installer son invité au centre du décor de la partie magazine du journal régional. Le dispositif consistait en une photo géante du ballon de Guebwiller, devant laquelle on avait dressé une cloison en trompe l'œil percée d'une fenêtre ouverte. Le soleil d'un projecteur éclairait la table d'une ferme-auberge chargée de victuailles. Cadin se casa dans un coin, entre les éléments épars d'une autre émission, écoutant distraitement les réponses convenues que faisait le sous-préfet aux questions complaisantes du journaliste de service.

– Vous venez de publier, je le pense sincèrement, une étude d'une très grande nouveauté, « Développement régional et directives ministérielles », dans laquelle, avant d'en venir au fond, vous soulignez que 80 % des produits que nous utiliserons dans vingt ans nous sont totalement inconnus...

– Je tiens tout d'abord à préciser que l'innovation n'est pas seulement le produit nouveau, ainsi qu'on pourrait le penser un peu rapidement, mais aussi la méthode nouvelle, pour fabriquer la choucroute par exemple, comme le soulignait l'un des rapports préparatoires au Cinquième Plan...

Cadin ferma les yeux et fit défiler dans sa tête tous les personnages qui gravitaient autour de l'Indien, du peintre Regain au maire Émile Loos, du délégué C.G.T. Gérard Müller à l'instituteur protestant Christian Wurtz, en passant par l'ingénieur Louboutain, le pharmacien Francis Bischop et Michèle Shelton. Les mots « centrale nucléaire » prononcés par le sous-préfet le remirent en contact avec la réalité immédiate.

– ... centrales nucléaires, envers et contre tout. C'est un impératif d'indépendance. Souvenons-nous de l'immense espoir soulevé en 1950 par la découverte des gisements de pétrole alsaciens. À l'époque, personne n'a évoqué le moindre souci de respect de l'environnement. La population était prête à transformer le vignoble en émirat, à brader le tonneau de riesling contre le baril de brut ! D'ailleurs, la principale école nationale d'ingénieurs pétroliers se trouve toujours à Strasbourg, alors que le dernier puits a cessé de produire en 1958 ou 1959 ! Et, aujourd'hui, on se ligue contre l'énergie la plus propre de toute l'histoire de l'humanité...

Le directeur d'antenne, qui n'oubliait pas d'en faire bénéficier ceux-là mêmes à qui il devait sa place, avait commandé quelques amuse-gueule au chef du Crocodile. Lamelles d'oie rôtie, terrine de Gur, feuilles de foie gras du Wantzenau. Cadin n'aimait pas jouer des coudes : il faisait partie de ces originaux qui restent assis, en gare, attendant que le couloir central du train se vide des impatients pour récupérer son bagage. Quand il eut calmé une partie de ses angoisses à coups de gastronomie, le sous-préfet vint se planter devant lui, dégageant d'un coup d'ongle un débris entre deux dents. L'échange fut bref.

– Vous avez quelqu'un en vue, dans cette histoire de Marcheim ?

Cadin ne pouvait détacher son regard des lèvres luisantes.

– Non, les choses prennent forme lentement dans ce genre d'enquêtes...

– Parce que vous en avez mené beaucoup ? Je m'étais laissé dire...

– Je faisais allusion aux cas d'école...

Le sous-préfet s'essuya la bouche en se tapotant avec la pointe de son mouchoir, tandis que le commissaire Brück les rejoignait, un plateau chargé de trois coupes de crémant dans les mains.

– Écoutez, inspecteur Cadin, reprit le fonctionnaire, vous n'êtes plus dans un amphithéâtre, avec une mauvaise note comme seul jugement. Vous avez entendu, pour Tramoni ?

– Oui, le commando des NAPAP...

– On a l'impression qu'ils peuvent frapper qui ils veulent, quand ils veulent ! Ce serait bien que les journaux puissent titrer de temps en temps sur un succès de la police. Vous avez bien quelqu'un à vous mettre sous la dent ?

Il tourna les talons avant que Cadin ait eu le temps de répondre.

– Je ne peux pas inventer un coupable uniquement pour améliorer sa revue de presse...

Brück le prit par l'épaule, l'entraîna vers le buffet.

– Ce n'est pas ce qui vous est demandé... Le juge d'instruction ne vous refuserait pas une garde à vue prolongée. Ça a le mérite de calmer les esprits... Sans compter que c'est souvent payant d'en arrêter cinq ou six, et d'en garder un bien au chaud pour le travailler. La tactique du coup de pied dans la fourmilière... Vous en avez bien un dans le collimateur, non ?

– Pas au point de lui passer les menottes. Je n'ai aucune charge contre lui. Seulement un réseau de présomptions. Jalousie, bagarre, cocufiage...

La mastication de la feuille de foie gras que le commissaire avait coincée entre deux lamelles d'oie empâta sa réponse.

– Si vous saviez le nombre de types que j'ai mis à l'ombre pour moins que ça, et qui se sont révélés de bons clients ! Vous pensiez auquel ?

Ce n'est qu'après avoir prononcé le nom de Gérard Moreux que Cadin comprit que le piège venait de se refermer sur lui. Il tenta de revenir en arrière, de reprendre maladroitement ses mots.

– J'ai eu un contact avec les Renseignements généraux. Il leur donnait des informations sur les groupes écolos qui s'agitent autour de la centrale... Il risque de tout balancer, si on l'interpelle...

– Bien au contraire... Vous avez encore du chemin à faire, Cadin ! Ce Moreux n'a aucun intérêt à révéler qu'il travaille pour nous... D'une part, il se couperait de tous ses amis et, d'autre part, il ne nous serait plus d'aucune utilité. En le mettant deux jours dans la cage, nous lui offrons un certificat de martyr en béton armé.

Le lendemain matin, à six heures précises, trois voitures banalisées vinrent se ranger devant les domiciles respectifs de Michèle Shelton, Christian Wurtz et Gérard Müller. Si les policiers se contentèrent d'embarquer le délégué C.G.T. ainsi que le fils du patron de la brasserie d'Ensingen, ils procédèrent à une fouille systématique du pavillon du 15 de la rue Grande avant d'appréhender Gérard Moreux. L'inspecteur arriva à Marcheim alors que les opérations étaient en cours. La jeune femme se tenait dans la cuisine, les cheveux ébouriffés, un épais poncho passé sur sa chemise de nuit. Elle toisait, méprisante, les policiers qui remuaient les meubles, vidaient les tiroirs, sondaient les armoires. Il grimpa au premier étage. Dans une cache dissimulée derrière une plinthe de la chambre aux coussins, un autre limier avait découvert quelques doses de L.S.D., une boîte d'amphétamines hollandaises et cinquante grammes de kif. Lors de son stage de dernière année, Cadin avait fait un voyage de repérage à Amsterdam.

Parti de la gare du Nord un vendredi soir, avec les bandes de freaks qui allaient faire leur marché mensuel, il s'était cogné à la cohue du Paradiso, noyé dans les clameurs du Melk Weg ou du Cosmos. Les types négociaient leur came sans se soucier des flics indigènes, essayant d'obtenir une ristourne sur les cours publiés par la presse locale. Des affiches traduites dans les principales langues européennes avertissaient les consommateurs des escroqueries dont ils pouvaient être victimes : poudre coupée au talc, à l'oxhoofd, aux amphètes, hashisch allongé au thé ou au henné. Il avait débarqué du train de nuit, au petit matin du lundi. Aux portillons, les flics et les douaniers filtraient le jean fripé et le cheveu long. Les plus froussards se délestaient de leurs provisions sur le ballast, en espérant les récupérer après la dissolution du barrage. D'autres marchaient droit sur les hommes en uniforme, avec le regard trop fixe de ceux qui ont tout à perdre.

– On les embarque tous les deux, inspecteur ?

La question dissipa sa rêverie. Il eut besoin de quelques secondes pour faire le point sur le gardien Wicker qui émergeait de l'escalier, tandis qu'un autre policier se tenait près de Moreux, sur le palier.

– Je m'intéresse surtout à celui-là. On laisse la fille tranquille, à moins qu'il ne veuille sauver sa peau en nous disant que c'est elle qui nous fait des petites cachotteries dans les plinthes. Alors, ta version ?

Il pivota, releva la tête d'un geste brusque. Ses cheveux giflèrent le flic.

– Michèle n'y est pour rien. C'est moi qui ai tout planqué.

Les trois voitures, lestées de leurs suspects, firent leur

jonction devant la mairie puis filèrent en convoi vers Strasbourg. Cadin se maintint dans le sillage sur une dizaine de kilomètres. Il leva le pied à l'approche d'un attroupement contenu par un cordon de C.R.S. dont les cars, d'un gris massif, bloquaient les portes d'une zone de magasins généraux, et s'arrêta à la hauteur d'un gradé.

– Circulez, il n'y a rien à voir !

Sous les quolibets de la foule, deux hommes en uniforme, accrochés aux grilles, tentaient d'arracher une banderole annonçant *Musée des Voleurs. Entrée 5 francs.* Le chef de l'escadron se radoucit à la vue du tricolore barrant la carte de l'inspecteur.

– Qu'est-ce qui se passe ? Une grève...

– Non... Ce sont tous les gens de chez Plumf et frères, la filature de Mulhouse qui a fermé l'année dernière. Ils ont découvert que leurs patrons faisaient collection de vieux avions... Il y a près de deux cents coucous dans les entrepôts qui sont derrière. Un musée secret...

– Parce que personne n'était au courant ?

– Non ! J'en ai vu quelques-uns tout à l'heure. Des biplans, des ailes volantes, genre chauve-souris, un hélicoptère à vapeur ! Il paraît même qu'ils ont récupéré un exemplaire de l'avion des frères Wright !

– Pourquoi vous les expulsez si c'est aussi intéressant ?

Le gradé leva les bras au ciel, le regard sur les lambeaux de banderole.

– Cinq francs l'entrée... C'est interdit. Ils n'ont pas le droit de gagner de l'argent sur le dos de leur patron !

La Nuée-Bleue était en effervescence. Le commissaire Brück, secondé par l'inspecteur principal Gossen, s'était chargé de réceptionner les raflés de Marcheim. Haueser commençait tout juste à remplir les procès-verbaux de mise en garde à vue quand Cadin poussa la porte du commissariat pour demander l'assistance du gardien Wicker lors de l'interrogatoire du rival de l'Indien. En milieu d'après-midi, le juge d'instruction Drittenmeyer accepta d'inculper Gérard Moreux pour possession et trafic de substances illicites, mais il fit remarquer à Brück que rien de décisif ne venait étayer les soupçons du commissaire quant à son implication dans le meurtre d'Alain Dienta. Le suspect fut immédiatement transféré à l'ancienne prison des femmes, rue Sainte-Marguerite, dans une cellule donnant sur les berges de l'Ill, de l'autre côté des Ponts-Couverts ; Cadin pouvait l'apercevoir de la fenêtre de son appartement. Comme un regret.

12.

Un klaxon gri-gri deux tons

Cadin, installé devant son bureau, déchiffrait les notes éparses griffonnées dans ses calepins quand il fut dérangé par les cris d'une femme et l'écho d'une bousculade venus de la salle de permanence. Il se précipita sur le palier pour voir Wicker, Haueser et Gossen entourer un homme de forte corpulence, et l'empêcher d'entrer dans le bureau où résonnaient les hurlements de la femme. Gossen s'était plaqué contre la porte vitrée, tandis que les deux autres policiers essayaient de ceinturer le colosse. Des renforts arrivèrent alors que Cadin se décidait à descendre leur prêter main-forte. Il se replongea dans la lecture des informations qui lui avaient paru essentielles, reportant ce qui le demeurait dans un grand cahier. Il s'accorda une courte pause, et but son café en tournant distraitement les pages du journal local. Il constata avec amertume que le journaliste s'était coulé dans le même moule que lui : le minable coup de filet de la veille avait les honneurs de la première page, un titre de la grosseur de celui annonçant la mort de l'ancien vigile des usines Renault. Un fait divers lui permit d'échapper provisoirement à ses remords.

> SAUVER MA PANHARD !
> Les pompiers de Soultz ont été contraints de neutraliser un habitant d'une commune proche à la suite d'un accident de la route. Ce conducteur avait dérapé sur une plaque de verglas, au petit matin, et sa Panhard PL17 était venue s'encastrer dans la façade d'un restaurant. L'automobiliste est devenu subitement fou de rage lorsqu'il a vu les pompiers sortir leur matériel de désincarcération, et commencer à découper l'habitacle pour extraire sa femme coincée dans les tôles. Le chauffard hurlait qu'ils n'avaient pas le droit de détruire son véhicule. Un médecin, appelé d'urgence, s'est vu dans l'obligation d'administrer une piqûre calmante au forcené. La femme a été dégagée. Elle a été conduite à l'hôpital de Soultz dans un état sérieux.

L'inspecteur principal Gossen pointa son nez alors qu'il s'apprêtait à se resservir un café. L'inspecteur refusa la tasse qui lui était offerte.

– On ne va pas avoir le temps... Tout le monde est sur les dents. Je ne sais pas ce qui se passe aujourd'hui, mais il n'y a que des merdes. Ça craque de partout. Il faudrait que tu m'accompagnes au pensionnat d'Altendorf... C'est possible ?

Cadin décrocha son caban.

– Il y en a pour longtemps ?

– Ce qui fait le charme de ce boulot, c'est qu'on connaît l'heure du départ, jamais celle du retour...

Gossen conduisait la Renault 12 du service sans ménagement, comme s'il se vengeait sur le break des soins par trop méticuleux qu'il apportait à sa propre voiture. Les virages en épingle à cheveux, les dérapages contrôlés, les embardées, obligeaient Cadin à se cramponner à son siège ; il serrait les fesses à chaque traversée de carrefour, fermait les yeux quand le conducteur grillait les feux rouges en se servant du klaxon deux tons comme d'un talisman. Sur la portion d'autoroute qui contournait les abattoirs et le marché-gare de Cronenbourg, il retrouva assez de sa sérénité pour s'enquérir de leur mission.

– Qu'est-ce qu'on va faire au juste, à Altendorf?

– Défendre les intérêts d'une cousine du commissaire Brück !

Cadin écrasa une pédale de frein imaginaire alors que la voiture fonçait sur l'arrière d'un camion. Gossen déboîta au dernier moment.

– Quels intérêts ? Je ne comprends pas...

– Cette cousine est pour quelque chose dans la gestion de cet établissement... La Croix du Bon Pasteur... Les sœurs transfèrent un lot de caractérielles vers un autre de leurs centres, et elles craignent que certains éducateurs s'y opposent.

– Des caractérielles ? Je croyais que c'était un pensionnat...

Gossen donna un brusque coup de volant pour s'engager sur la bretelle.

– Un pensionnat de caractérielles ! On a une étagère entière remplie de dossiers sur les anciennes d'Altendorf... Voleuses, tapineuses, alcooliques. Au départ ce sont des mômes jetées par leur famille, et placées là, au chaud, par les assistantes sociales ou par le juge pour enfants... On leur offre une chance de repartir du bon pied... Résultat, elles retombent dans l'ornière dès que les sœurs ont le dos tourné. Le vice leur colle à la peau...

La Renault avait repris son parcours du combattant.

Les autres questions de Cadin ne passèrent pas le barrage de ses mâchoires bloquées. Gossen finit par piler devant les grilles d'un petit château auquel menait une allée bordée de tilleuls centenaires. Sur le perron, des religieuses vêtues de lourdes robes grises entouraient un groupe de fillettes âgées de dix à treize ans. Deux hommes faisaient la navette entre le couloir et un autocar dans la soute duquel ils enfournaient des valises et des sacs boursouflés. Une dizaine d'adultes se tenaient à l'écart, attentifs au discours d'un grand type aux cheveux bouclés. Les deux policiers s'approchèrent des pensionnaires qui venaient chacune de recevoir une petite poche de friandises. La parente du commissaire, une femme d'âge mûr vêtue d'un tailleur gris, les cheveux ramenés en chignon, se dirigea droit sur eux quand ils commencèrent à gravir les marches du perron.

– Je suis heureuse que vous ayez trouvé le temps de vous déplacer...

Gossen passa affectueusement la main sur la tête d'une gamine.

– Le déménagement a l'air de se faire dans la joie et la bonne humeur...

Elle lança un bref regard en direction du groupe d'adultes.

– Pour le moment... Ce sont eux, là-bas. Il faut s'en méfier...

Il ne se passa rien au cours de la demi-heure qui suivit. L'incident éclata alors que presque toutes les élèves étaient installées sur les sièges, le visage collé à la vitre. L'une des fillettes refusa de grimper dans le car. Une sœur essaya de la pousser par les épaules, mais elle s'agrippa des deux mains à la poignée chromée de la porte à soufflets. Les deux hommes préposés au chargement des bagages se portèrent au secours de la religieuse. Ils firent lâcher prise à la gamine qui ne trouva comme recours que de se jeter à terre en hurlant. Toutes les personnes dispersées autour de l'entrée du château se précipitèrent vers l'avant de l'autocar où plusieurs religieuses accroupies tentaient de relever l'élève, tout en évitant les coups désordonnés qu'elle donnait des bras et des jambes. La femme au chignon appela les policiers à la rescousse. L'inspecteur principal fit un pas vers elle. Cadin le retint par la manche, l'obligea à lui faire face.

– On n'est pas venus là pour ça... Je ne suis pas d'accord avec ces méthodes. Je ne vois pas ce que l'on a à faire ici...

Gossen hésita une fraction de seconde. Cadin le sentit à la tension du tissu, entre ses doigts, et à cet air de morne soumission dans ses yeux, comme s'il se demandait ce que Brück allait penser de son attitude. Il tourna la tête vers la gamine qui se tortillait sur le sol en pleurant.

– Si au moins on savait pourquoi ils les envoient autre part...

Cadin contourna l'autocar. Une vive discussion opposait la cousine du commissaire à l'homme aux cheveux bouclés peignés à l'afro.

– Tout le travail de pédagogie institutionnelle que nous avions entrepris est détruit... Vous vous comportez comme de vulgaires gardes-chiourme. Et encore, ils ne s'attaquent pas aux enfants !

– Je ne vous permets pas ! Vous me devez le respect, monsieur Brumath.

L'inspecteur sursauta à l'énoncé du patronyme. Ce nom figurait sur la liste de ceux qu'il avait rencontrés depuis le début de son enquête, et appartenait à un des candidats de la liste Verts Demain. De plus, ce François Brumath était présent au 15 de la rue Grande, lors de la rafle commanditée par Gérard Moreux dans la nuit du 17 au 18 février.

– Je me passe de votre permission comme vous vous passez de celle des élèves. Est-ce que vous avez dit à Maryse et Jacqueline où on les emmenait, qu'on allait les enfermer à l'hôpital psychiatrique ?

La femme tourna les talons. Les sœurs étaient parvenues à faire monter la dernière fillette dans le car, et le chauffeur n'attendait plus qu'un ordre pour contourner la fontaine centrale et longer l'allée de tilleuls. Cadin s'approcha de l'enseignant.

– Vous êtes François Brumath ?

– Non, Régis Brumath. François, c'est mon frère... Vous le connaissez ?

– Pas vraiment, j'ai simplement entendu votre nom quand vous discutiez... J'ai fait le lien avec les élections à Marcheim... Elle n'a pas l'air facile...

Il haussa les épaules.

– La mère Brück ? Oh, ce n'est pas la pire... Elle obéit aux ordres de la congrégation. Vous savez, il y a toujours un prix à payer pour conserver sa place. On a travaillé ensemble pendant près de trois ans, en bonne intelligence. Elle a même soutenu l'équipe éducative quand il a fallu faire admettre aux sœurs que le samedi, à six heures du matin, les élèves étaient mieux dans leur lit qu'à la messe...

Cadin sortit son étui de Meccarillos, en offrit un à son

interlocuteur tandis que le car franchissait les grilles du domaine.

– Et pourquoi ils les renvoient ?

– Selon la version officielle, c'est une question d'équilibre budgétaire. Ils vont transformer La Croix du Bon Pasteur en institution pour les sourds et muets. Les subventions sont deux fois plus importantes que pour les mômes en rupture de famille... ou plutôt les familles en rupture de mômes... C'est une chose qu'on peut admettre, encore faut-il que le changement soit négocié... Au lieu de ça, on jette les gamines à la poubelle. Hôpital psy, lits de long séjour... En clair, on médicalise un problème social... La direction se débarrasse d'un fardeau.

– Comment ça ?

– Une fille prise en charge à six ou sept ans, il faut savoir qu'on en entendra parler pendant vingt ou trente ans... Et pas qu'en bien... Parvenus à l'âge adulte, les mômes matraqués dès le berceau reproduisent souvent ce qu'ils ont vécu... Tandis que des sourds-muets...

Gossen, qui traînait depuis un bon moment dans les couloirs, descendit les marches en sautillant et se dirigea vers Cadin. Celui-ci quitta son interlocuteur pour l'intercepter, de peur qu'il ne lui donne de l'« inspecteur » en public.

– On se rejoint à la voiture dans cinq minutes... J'ai encore quelques questions à lui poser...

Régis Brumath avait mis ces quelques instants à profit pour en formuler également de son côté.

– Vous êtes venus ici pour quoi faire, exactement ?

Cadin comprit qu'il fallait relancer la conversation sans lui laisser la possibilité de reprendre l'initiative.

– C'est mon photographe... Nous sommes envoyés par *Les Dernières Nouvelles d'Alsace.* Le correspondant du coin pensait qu'il risquait d'y avoir des incidents. Encore un tuyau crevé. Un peu comme à Marcheim, avec le meurtre du colistier de votre frère...

L'éducateur mordit à l'hameçon, oubliant instantanément ses doutes.

– Alain Dienta? François ne m'a parlé de rien. Il se disait quoi?

– Rien de précis; des bruits insistants sur un rival de l'Indien, Gérard Moreux... Je ne sais pas trop ce qu'il faut en penser... En tout cas la police semble travailler sur l'hypothèse d'un assassinat lié à des raisons sentimentales. Selon la rumeur, Dienta aurait écarté Moreux de la liste écologiste pour le punir de l'avoir doublé dans le lit de sa copine...

Les sœurs et tous ceux qui avaient organisé le départ des fillettes étaient rentrés dans la vaste maison bourgeoise. Cadin et Brumath marchèrent lentement en direction de la Renault.

– Je les connais tous, et je peux vous dire que ça ne tient pas debout. Je suis bien placé pour savoir que la liste était prête depuis plus d'un mois. Moreux n'ignorait pas qu'il avait été débarqué : je ne vois pas pourquoi il aurait attendu le soir des élections...

– Il ne s'était pas encore rendu compte de ce qu'il avait perdu... Personne ne misait un kopeck sur les Verts, surtout au premier tour! Tout le monde était persuadé qu'Émile Loos remporterait une nouvelle victoire... Je me suis laissé dire que l'implantation de la centrale rapportait, chaque année, plusieurs centaines de millions à la commune. Même quand on se proclame opposé au monstre, on ne pousse pas la rigueur intellectuelle jusqu'à refuser le chèque qu'il vous tend...

Régis Brumath stoppa net pour se tourner vers l'inspecteur, l'air buté.

– Ne croyez pas ça. Je ne peux pas me porter garant de tous, mais des gens comme Francis Bischop, Christian Wurtz, Alain Dienta ou mon frangin ne sont pas du genre à se laisser corrompre... Ils se sont présentés pour défendre leurs idées, pas pour se ménager des situations...

– Pourquoi seraient-ils différents des autres? Un de mes amis disait souvent que l'argent était la fraternisation des impossibilités, qu'il obligeait à s'embrasser ce qui se contredit...

La citation le dérida.

– Il a raison, c'est la règle... Et comme toute règle, elle est confirmée par l'exception. On ne peut rien comprendre à ce qui se passe à Marcheim si on fait un trait sur les expériences communautaires d'il y a quatre ou cinq ans.

Ils se remirent à marcher lentement vers la voiture.

– Vous parlez de la ferme de Boris Undermatt?

– Oui, j'en ai fait partie pendant huit mois, en 1974. À l'époque, j'étais programmé pour mener une carrière de comptable avec un poste de sous-directeur d'une agence du Crédit mutuel alsacien, à l'ancienneté, en guise de carotte... La vie en groupe m'a permis d'échapper à l'engrenage qui commençait à me broyer sans que je m'en aperçoive. Je me suis rendu compte que, dans cette société, la vie nous est donnée, mais qu'on la perd à la gagner... Boris nous expliquait que chacun doit trouver son propre chemin pour unir le travail à l'existence...

– C'est plus facile à dire qu'à réaliser...

– Non, il suffit de faire un effort sur soi-même, remettre en cause les certitudes qui nous ont été inculquées. J'ai repris mes études, j'ai participé à des stages pour décrocher un diplôme d'éducateur... Je voulais être utile, agir dans le social, voir les résultats concrets de mon travail... De ce côté-là, je n'ai pas été déçu en arrivant à La Croix du Bon Pasteur !

Gossen, qui commençait à s'impatienter, actionna les phares par deux fois.

– Je dois y aller, on a un autre reportage sur Strasbourg... C'est très intéressant, votre histoire de communauté. On pourrait se revoir, pour en discuter plus précisément... Vous comptez restez ici, avec les sourds-muets ?

Régis Brumath remua la tête de droite à gauche.

– Le seul signe que je connaisse, dans leur langue, c'est le bras d'honneur ! J'ai obtenu un autre poste, à Nancy... On publiait un petit journal ronéoté. J'en ai retrouvé plusieurs collections en faisant mes cartons. Je peux vous en envoyer un jeu complet au journal, si vous voulez...

Cadin nota son adresse sur une feuille du calepin, la déchira.

– C'est plus prudent de recevoir son courrier à la maison... Au bureau, tout est à tout le monde : résultat, on se fait tout piquer.

Cadin avait à peine claqué la portière que l'inspecteur Gossen se mit en devoir de rattraper le temps perdu.

– Je croyais qu'on ne partirait jamais... Vous le connaissiez, ce type ?

La Renault 12 longea l'allée plantée de tilleuls à pleine vitesse, et ralentit à peine pour s'engager sur la départementale. Les doigts de Cadin se refermèrent sur la poignée de maintien.

– Non, je n'arrivais pas à m'en défaire... C'est possible d'aller un peu moins vite ?

Gossen lui lança un regard condescendant.

– Vous n'avez pas confiance, Cadin ? On dirait que vous commencez à vous faire vieux...

– C'est surtout que je voudrais finir d'être jeune.

13.

Le béret basque alsacien

À son retour, le commissaire Brück offrit un café-machine à Cadin. Ils parlèrent de choses sans importance, et l'inspecteur voulut y voir la preuve que l'inculpation précipitée de Gérard Moreux semblait avoir calmé la préfecture. Leur tête-à-tête fut interrompu par l'intrusion, dans la salle de permanence, d'un fort en gueule qu'encadraient deux gardiens. Brück reconnut aussitôt le patron du magasin de meubles anciens de la rue des Arcades. Il s'approcha du gardien Wicker, siffla entre ses dents.

– J'espère que vous savez ce que vous faites...

Le policier bredouilla tandis que Brück saluait le commerçant.

– Bonjour, monsieur Kirscher... J'ai l'impression que tout ne va pas pour le mieux, mais je vais m'efforcer d'arranger ça... Qu'est-ce qui vous amène ici ?

Il pointa ses pouces en direction des gardiens.

– Ces deux-là !

Wicker se racla la gorge.

– Depuis quinze jours nous avons enregistré plusieurs plaintes motivées par le fait que les étiquettes placées dans le magasin de M. Kirscher sont exclusivement rédigées en alsacien...

L'antiquaire leva les yeux au ciel avant de donner de la voix.

– Je me tue à leur expliquer que j'ai tout simplement organisé un mois de la décoration alsacienne ! Tout le magasin est agencé autour de ce thème... Ce n'est pas une atteinte à la langue française ni une affirmation identitaire : juste du commerce ! Je n'ai pas accroché un écriteau avec *Elsasischa Hochkultur* inscrit dessus !

– Je ne comprends pas... On vous a traîné ici pour une histoire d'étiquettes en alsacien ? Ce n'est pas sérieux...

Le commerçant s'apprêtait à répondre mais Wicker lui coupa la parole.

– Au début, c'est vrai qu'il n'y avait que cette infraction. Nous étions déjà passés la semaine dernière pour les constatations, suite à une première réclamation. Nous repassions, tout à l'heure, à cause d'une seconde plainte qui émanait d'un professeur de l'université... M. Kirscher nous a accueillis par des sarcasmes, et quand nous nous sommes approchés de lui, il a fait voler nos képis, du revers de la main, en hurlant qu'on ne lui referait pas le coup du béret alsacien !

– Le coup du béret alsacien ? Je ne saisis pas très bien, Wicker...

– Moi non plus, commissaire.

Le commissaire se tourna vers Cadin, l'interrogeant du regard, puis il fit un pas vers l'antiquaire.

– Vous reconnaissez avoir décoiffé mes hommes en prononçant cette phrase incompréhensible ?

– Oui... Je reconnais que je n'aurais pas dû faire valdinguer leurs képis... Je me suis laissé emporter par la colère. Allez dans n'importe quel magasin de vêtements, les trois quarts des indications de taille, de composition, sont en anglais, et personne ne vient leur dresser de procès-verbal ! Moi, j'ai le malheur de faire une exposition à thème régionaliste, et toute l'université strasbourgeoise me tombe dessus ! Ce n'est malheureusement pas la première fois que cela m'arrive, à la seule différence qu'avant, avec le béret, ça fonctionnait dans l'autre sens...

Toutes les personnes présentes à la Nuée-Bleue s'étaient regroupées autour du marchand de meubles.

– C'était il y a trente-six ans, quand les murs de la ville disparaissaient sous les affiches proclamant : *Hinaus mit dem Welschen Plunder...* Sortez le fatras français ! Tout devait être germanisé... Je me souviens de mon père martelant la petite porte de notre boîte aux lettres pour faire disparaître le relief du mot « Courrier »... Après il s'est escrimé à limer les mots « chaud » et « froid » sur les robinets de la salle de bains. On a vidé la bibliothèque des livres de Voltaire, Rousseau, de Chatrian, et tout a été brûlé à l'Orangerie, pour la fête du Solstice... Même le dialecte alsacien a été épuré de ses mots d'origine française. Il était interdit de prononcer « Bouschour », « Orevar », quand on se rencontrait ou que l'on se séparait. J'ai été obligé de me présenter devant l'inspecteur Vogl, le président du Cartel populaire de Strasbourg, pour faire changer mon prénom. Peter au lieu de Pierre ! Beaucoup d'autres devaient également germaniser leur nom... Jean Dupont se transformait en Hans Brück...

Le commissaire piqua du nez, tandis que plusieurs auditeurs approuvaient en hochant la tête, retrouvant dans ce que disait Pierre Kirscher les humiliations que l'histoire avait fait subir aux leurs. L'antiquaire posa la main sur l'épaule de Wicker.

– Quand vous êtes entrés dans ma boutique, tout à l'heure, j'ai soudainement repensé à tout cela... Et surtout à l'une des mesures les plus idiotes qu'ils aient alors prises... L'interdiction du port du béret basque dans les provinces reconquises ! Le Polizeipräsident avait fait une déclaration comme quoi « Le béret basque ne convient pas à notre paysage, pas à nos visages, pas à notre Alsace allemande. Plus de couvre-chefs étrangers » ! Les contrevenants étaient passibles d'une amende de 150 marks, et de la prison en cas de récidive... C'est pour ça que les képis ont volé ! Je tiens à vous présenter mes excuses.

Le commissaire les accepta, conditionnant l'effacement de l'injure faite aux gardiens de l'ordre à un engagement du marchand de meubles anciens de la rue des Arcades à sous-titrer ses étiquettes en français.

Il tombait une sorte d'eau épaissie par le froid quand Cadin sortit de la Nuée-Bleue. La batterie de la Renault 4 fut tout juste assez vaillante pour entraîner les pistons, il laissa peser son pied un bon moment sur l'accélérateur de crainte que le moteur ne s'étouffe. Les nuages noirs faisaient comme une nuit précoce sur la ville, accentuant la pulsation électrique des enseignes. Les projecteurs orangés de la voie rapide s'allumèrent alors qu'il empruntait la bretelle surplombant les chaussées pour se diriger vers Marcheim. La neige fondue hachait les halos. Il essayait de capter une fréquence musicale sur le petit transistor maintenu au moyen d'élastiques derrière le pare-soleil quand la mécanique donna les premiers signes d'essoufflement. Son regard se porta immédiatement sur l'aiguille de la jauge, perdue dans le rouge. Un réflexe idiot lui fit taper sur le cadran, comme si les tressautements de l'indicateur pouvaient avoir pour conséquence de remplir le réservoir. Il finit par se mettre au point mort et vint se ranger, en profitant de l'élan, sur un dégagement ménagé à l'approche d'un croisement. Un panonceau ironique indiquait une station Elf à cinq kilomètres. La froidure humide eut tôt fait d'envahir l'habitacle, d'engourdir les doigts de Cadin qui se résolut à quitter l'abri de sa voiture. Il se posta devant le capot, dans la lueur jaunâtre des phares, pour tenter de faire stopper l'un des véhicules qui passaient à pleine vitesse, dans un chuintement d'air, d'eau et de caoutchouc.

Un quart d'heure plus tard, les cheveux plaqués, de l'eau gelée s'insinuant sous le col de chemise, il commença à injurier les indifférents. Cinq minutes encore, et il était à court d'insultes. Le salut prit la forme d'une Opel. Elle s'arrêta à sa hauteur alors qu'il venait d'éteindre les lumières déclinantes de la Renault et s'apprêtait à se mettre en marche vers une station-service que son désespoir lui annonçait fermée. Un homme d'une quarantaine d'années inclina un visage avenant vers la fenêtre, côté passager, masquant à demi une jeune fille à la courte chevelure rousse.

– Qu'est-ce qui se passe, vous êtes en panne ?

– Oui. Je n'ai pas fait attention : le réservoir est à sec...

– C'est bien le seul, aujourd'hui ! Montez...

Il prit place à l'arrière, derrière le conducteur, et jeta un coup d'œil sur une pile de tracts syndicaux posée sur le siège.

> C.G.T./MINE AMÉLIE – LE SYNDICALISTE –
> CROQUE TA POMME
>
> Depuis cette semaine la direction des mines de potasse d'Alsace a décidé d'interdire la consommation de casse-croûte et de fruits pendant le temps du service au fond. La C.G.T. a donc décidé de riposter en organisant une journée CROQUE TA POMME. Deux cents kilos de fruits, offerts par les paysans de la région de Soultz, seront distribués aux mineurs, avant la descente, et les trognons seront récoltés par les délégués afin d'être portés en délégation auprès de la direction des M.D.P.A...

– Il ne fait pas très chaud pour une fin mars...

Cadin se pencha vers le chauffeur.

– Pas vraiment...

Il laissa passer quelques secondes.

– Je n'ai pas pu m'empêcher de lire... C'est vrai cette histoire de pommes ?

Ce fut la jeune femme qui répondit. Son sourire adolescent rassembla les taches de rousseur qui parsemaient ses joues, son front.

– Bien sûr que c'est la vérité ! Le Bon Dieu a menacé Adam de le retirer du Paradis s'il croquait la pomme... Jusqu'à aujourd'hui personne ne savait où il se trouvait, ce fichu Paradis. Il faut donc croire que c'est au fond de la mine !

La station Elf brillait de mille feux. Cadin remplit un jerrican de cinq litres sous un haut-parleur qui diffusait une chanson très tendre, une voix féminine accompagnée par quelques accords à la guitare sèche.

Ta vie ne peut que réussir
Si tu n'abandonnes pas le chemin
Si tu luttes pour gravir
La rude pente du destin...

Le syndicaliste poussa l'amabilité jusqu'à le ramener à sa voiture. Dès que les lumières de l'Opel furent avalées par la nuit, Cadin exécuta un demi-tour et rejoignit Strasbourg. Il fit une halte près du quai des Bateliers, dans un ancien hôtel borgne transformé en librairie où il acheta un vieux numéro des *Saisons d'Alsace* consacré aux enrôlés de force, les Malgré-nous. L'inspecteur aligna sa monnaie sur la vitre du flipper qui faisait office de comptoir. Il en ressentit l'envie, mais ne trouva pas la force d'aller rôder autour de la gare. Son estomac se contenta d'un sandwich saucisse-moutarde avalé au volant, entre la place des Moulins et les Ponts-Couverts. Une fois chez lui, il tira les rideaux sur les écluses envahies par la brume, et se coucha pour sombrer dans un sommeil sans souvenirs.

On tapait dans son rêve. Des coups brefs sur du bois sec. Ses paupières s'entrouvrirent, laissant passer ce qu'il fallait de réalité. Le réveil marquait neuf heures, et on s'énervait contre la porte. Il fut tout de suite debout, plongeant dans les jambes de son pantalon, la chemise passée à la diable, pour ouvrir sur la carrure du facteur. Le journal et les deux lettres-circulaires auraient pu prendre le chemin habituel, mais il y avait également une enveloppe, épaisse comme un annuaire départemental. La poche dans laquelle il pensait trouver la pièce du pourboire était vide, et le temps qu'il fasse l'aller-retour de l'entrée au buffet, le préposé avait disparu vers les étages inférieurs.

Il fit couler l'eau, la testa du bout des doigts et, quand elle fut assez chaude, présenta directement sous le jet son bol au fond tapissé de café soluble. Le cachet postal indiquait que le pli avait été envoyé la veille, de la poste principale de Strasbourg. Il déchira l'enveloppe, sur le côté, à l'aide du manche de la cuillère avec laquelle il venait de touiller son café, et en tira plusieurs séries de feuilles agrafées dix par dix, surmontées d'une lettre sur laquelle courait une écriture nerveuse.

« Cher monsieur Cadin,

« Lors de notre rencontre, ce matin, dans le parc de La Croix du Bon Pasteur, je vous ai promis de vous faire parvenir une collection complète du " journal " de la communauté de Marcheim. Je pensais dire vrai, mais je me suis imprudemment avancé : je ne possède en effet que neuf des onze numéros parus. Je les ai rapidement feuilletés, avant de les mettre à la boîte, et je crois que le journalisme et la littérature ne perdent rien à ces disparitions ! Ce qui subsiste est suffisamment accusateur... Si nous avons écrit cela, à l'époque, c'est certainement que nous le pensions. J'ai aujourd'hui beaucoup de mal à admettre que j'aie pu être le jeune homme que j'étais. J'espère que vous trouverez de quoi nourrir votre article sur les regroupements utopistes de l'après-mai alsacien, et que l'ironie qui naît obligatoirement à la lecture de nos divagations ne sera pas trop mordante. »

Une signature illisible se superposait à un nom et un prénom écrits en caractères bâtons : Régis Brumath.

L'inspecteur piqua le quignon de pain qui lui restait au bout d'une fourchette, et le grilla au-dessus des flammes de la gazinière avant de l'enduire de confiture à la fraise. Le premier numéro du bulletin ronéoté de la communauté de Marcheim ne comportait que deux feuillets remplis presque exclusivement de la liste des titres proposés au choix des lecteurs, et des thèmes des articles à venir : insoumission, objection, écologie, médecine parallèle, régionalisme, sexualité, poésie, macrobiotique. La deuxième livraison prouvait que le problème de la manchette avait été résolu : des Lettraset ombrés dessinaient le logo de *Ruines du Futur.* Il le parcourut en mâchonnant la tartine croustillante, et lut quelques articles en diagonale. Seul un détournement pacifiste de *L'Internationale* retint son attention :

Debout les antinucléaires
Debout les irradiés de demain
La raison tonne en sa galère
C'est l'excursion de la fin
C'est la lutte finale
Groupons-nous et demain
L'atome infernal
Tuera tous les Humains !

Il feuilleta ensuite tout le lot. Par souci égalitaire, les contributions n'étaient signées que des seuls prénoms, et Cadin se borna, dans un premier temps, à tracer des croix dès qu'il repérait un Alain, un Boris, un Gérard ou une Michèle. Il délaissa les textes fumeux d'un certain docteur Bastien sur la psychanalyse culturelle, dont la méthode ne s'adressait qu'aux malades stressés, d'intelligence normale, âgés de 18 à 35 ans, puis tenta de se souvenir si l'appel du 15 août 1975 avait été suivi d'effet en lisant le communiqué émanant du « Comité Toussa-poil » :

> Ce 15 août à midi, où que vous soyez, déshabillez-vous ! Ce simple geste naturel prendra une signification particulière suivant les gens : acte de désobéissance civile, manifestation de masse non violente, contestation écologique, refus des tutelles, protestation contre la morale bourgeoise, affirmation du rapport à soi.

Il se souvenait de deux ou trois groupuscules, à la fac, qui agitaient les mêmes idées, les mêmes fantasmes. Le point d'orgue de leur activité avait pris la forme d'un happening naturiste, déclenché au cours d'une compétition interuniversitaire qui se disputait dans le bassin de la piscine du boulevard de la Victoire. Ils avaient défilé à une trentaine, seins, sexes et poils pubiens exhibés, derrière une banderole qui proclamait : *Baigneur, sous ton maillot tu restes un travailleur !*

Le plus intéressant, dans *Ruines du Futur*, était discrètement placé sur une colonne, en bord de page, et consistait en une suite d'articles brefs relatant la vie de la communauté.

> Février 1972. Nous rêvons tous de mises en question globales, totales et radicales. En fait, chacun ne vient chercher qu'une thérapeutique instantanée à son petit problème personnel. Le jardin potager ne donne pas ce qu'il aurait dû donner. Les chiens du voisinage ont décimé le poulailler, et il est impossible de demander réparation. Nous sommes obligés d'accepter des tra-

vaux extérieurs. Il faut voir les choses en face : six mois après son démarrage, notre communauté vit surtout d'apport de fric extérieur : on achète trop, nous sommes encore incapables de compter sur nos propres forces. *Boris.*

Septembre 1973. Les rapports se tendent encore un peu plus. Plus rien ne va. Pour trouver une solution, nous essayons tout ce qui a réussi dans d'autres groupes : le travail en commun, l'amour collectif. C'est également l'échec, car le volontarisme ne résout rien. Notre groupe est au bord de l'explosion. Pierre est reparti travailler aux Potasses. Albert, Maria et leur fille Carole font leurs valises pour rejoindre Montpellier et un poste à l'E.D.F., comble d'ironie. De mon côté, la vie de couple ne me convient plus depuis que j'ai découvert le groupe. *François.*

Mars 1974. Des mecs ne cessent de rappliquer à Marcheim depuis qu'on a passé un article dans *Barabajagal.* Des anars pour la plupart. Le problème c'est qu'ils manquent de patience. Ils croient que tout est plus facile à la campagne. Ils arrivent tout feu tout flamme, n'ont que le mot de retour à la nature à la bouche, mais se mettent à chialer dès qu'il fait un peu froid. Eh oui, l'hiver, c'est long, sans confort, sans fric, sans télé... Mais il y a mille choses à faire : arranger les maisons, les dépendances, tisser, tricoter, lire, rêver, prendre le temps de réfléchir, regarder le monde. Rien ne presse. *Agnès.*

Juin 1974. Un employé de la société chargée de vendre la centrale à la population de Marcheim a « perdu » sa sacoche. Dedans, un rapport... On y apprend qu'il faut « dynamiser le sentiment pronucléaire en informant de façon ciblée, en montrant l'impact économique des retombées *(sic)* sur la région », et qu'il faut également « bloquer le recrutement par les employeurs du secteur des opposants au projet, et les discréditer si on ne parvient pas à les compromettre ». Comme quoi la démocratie made in E.D.F. tourne à plein régime ! *Alain.*

Novembre 1974. Ami(e)s pédophiles, bonjour ! Nos contradictions versent souvent dans l'obsession répressive de la sexualité. Si la pédophilie est la plupart du temps misérable, il en est de même de tous les rapports « sexuels » et amoureux. Il n'est pas nécessaire d'être un révolutionnaire pour voir que le supplément de misère de la pédophilie est le fruit de sa répression sociale. Un pédagogue libéral américain n'explique-t-il pas que le principal traumatisme que subit l'enfant « victime » d'un satyre provient de ses parents qui en font tout un plat, alors que l'enfant, s'il n'y a pas eu violence, aurait plutôt tendance à s'en foutre. *Gérard.*

La date du dernier numéro, mars 1975, deux mois avant la mort par overdose de Boris Undermatt, correspondait au départ de l'Indien de la communauté, et à son installation rue Grande, chez Michèle Shelton.

Mars 1975. Et si nous avions atteint nos limites ? La déclaration d'utilité publique pour la construction de la centrale n'a pas rencontré de véritable opposition. Et comme il est impossible de se retrancher totalement du monde, il faut transiger, c'est-à-dire se compromettre. Vivre parallèlement, c'est aussi, dans la plupart des cas, vivre en parasite sur le dos de ce que l'on refuse. Dans son ensemble, l'utopie sociale qu'élabore l'underground côtoie toujours la récupération, y tombe souvent. La rock music, le cinéma souterrain, la presse de contre-culture, peuvent devenir des marchandises et finir leur parcours sur les posters et les tee-shirts des lycéens. *Boris.*

Cadin relut plusieurs fois les quelques lignes écrites par Gérard Moreux. Il tenta de résumer sur une feuille de papier les événements perceptibles de la vie de la communauté de Marcheim, puis glissa le tout dans une poche plastique qu'il emporta avec lui.

14.

La bouleversion

L'inspecteur Cadin ne fit qu'une apparition à la Nuée-Bleue, le temps d'obtenir l'autorisation du juge Drittenmeyer d'interroger une nouvelle fois Moreux. Il apprit par la même occasion que le suspect venait d'être transféré dans l'ancien fort Moltke, une des positions avancées de la ceinture de protections édifiée par les Prussiens, un siècle plus tôt. Il prit la précaution de faire le plein de la Renault, à la station de la Gare, et fila vers la banlieue.

La maison d'arrêt n'occupait qu'une partie de ce vestige de l'enceinte fortifiée qui comprenait une quinzaine d'implantations. Le fort présentait une forme classique de lunette de cent mètres de longueur sur soixante-dix de largeur, entourée d'un fossé sec. Les ouvrages de défense, principalement les bastions appuyés sur les collines, étaient en cours de réaménagement. La région y installait un vaste abri anti-atomique où mille personnes pourraient échapper aux radiations et bénéficier de salles de décontamination équipées de douches. La maison d'arrêt avait hérité des anciens casernements de la garnison, situés à l'arrière, que l'on atteignait par l'une des galeries souterraines creusées sous l'ensemble de l'édifice.

Cadin franchit tous les sas, toutes les grilles, dans le claquement métallique des serrures. Il attacha ses pas à ceux d'un gardien taciturne qui fit sortir les deux compagnons de cellule de Moreux avant de faire entrer l'inspecteur. Assis sur la couchette supérieure, pieds ballants, le prisonnier chevelu fumait une de ses minuscules cigarettes indiennes, propulsant la fumée bleutée contre le plafond situé cinq centimètres au-dessus de sa tête. Cadin le salua, sans obtenir de réponse. Il attendit quelques instants que Moreux se décide à descendre de son perchoir puis, voyant qu'il n'en faisait rien, vint s'appuyer contre le mur qui faisait face aux lits gigognes. Il alluma posément un de ses Meccarillos.

– Tu n'as pas l'air très causant, aujourd'hui...

– Les deux connards d'en dessous n'arrêtent pas une minute. Ils parlent même en dormant. Je profite du moindre répit... Vous ne pouvez pas leur demander de me mettre dans une cellule individuelle ?

– Dans l'administration, ils sont toujours en retard... Leurs fiches ne sont pas à jour... Ils t'ont sûrement placé là parce qu'ils croyaient que tu aimais toujours la vie en communauté.

Clope au bec, Gérard Moreux appuya les deux mains sur le rebord de son lit, donna un énergique coup de reins qui le propulsa vers le sol. D'une pichenette, il jeta son mégot dans les tinettes.

– Vous êtes comme tous les flics... Ils prononcent « communauté », mais ils pensent « troupeau »... Vous ne pouvez même pas imaginer qu'il soit possible de s'associer librement, sans hiérarchie, sans maître à penser, sans garde-chiourme... Sur la seule base des affinités...

L'inspecteur fit un pas vers la petite table installée droit sous la lucarne, et glissa les exemplaires de *Ruines du Futur* contenus dans son pochon sur le plateau de formica. Il les classa en silence. Moreux s'approcha.

– Où est-ce que vous avez déniché ces antiquités ?

– Tu le demanderas à ton avocat ; logiquement la réponse devrait figurer dans le dossier d'instruction...

Le jeune homme haussa les épaules. Il prit un fanzine imprimé dans des tonalités violettes, le feuilleta en souriant.

– Je ne sais pas ce que vous voulez faire de ces conneries, mais je n'ai jamais rien eu à voir avec ça...

Cadin se saisit du numéro de novembre 1974 et l'ouvrit à la page comportant l'article intitulé « Ami(e)s pédophiles, bonjour ! ». Il le lut à haute voix, appuyant sur la signature de « Gérard ». Le taulard s'assit à califourchon sur l'unique chaise de la cellule, jambes écartées.

– Les conditions de détention doivent certainement peser sur la réflexion, parce que je n'arrive pas à comprendre où vous voulez en venir, inspecteur. Si vous ne me sortez pas d'ici, je vais finir comme mes deux colocataires...

– J'aimerais simplement que tu m'expliques pourquoi tu as écrit ce papier, c'est tout... Je le trouve curieux... Pas toi ?

– C'est surtout débile. Il y a malheureusement un petit problème...

– Lequel ?

– Je ne suis pas dans ce délire. Je n'ai jamais collaboré à ce canard. Ce qui veut dire que votre « Gérard », il faudra aller le chercher autre part qu'entre ces quatre murs.

Cadin accusa le coup. Il comptait sur le trouble de Moreux pour pousser son avantage, et se retrouvait déstabilisé. Il fit semblant de parcourir un article sur la « Bouleversion », une théorie de la Révolution sans violence, mais les mots dansaient devant son regard.

– Tu faisais quand même partie de la communauté de Boris Undermatt ?

– Pas vraiment. Je tournais autour, comme tous les jeunes du secteur. On venait passer un jour ou deux quand ils organisaient une fête, ou lorsque le bruit courait qu'il y avait de nouvelles nanas à la ferme. Personnellement, je n'ai jamais cru à ces histoires de retour aux sources, de communisme primitif. En plus je ne supportais pas leur gourou...

L'inspecteur se hissa sur la pointe des pieds pour lancer son mégot par la lucarne tandis que le maton soulevait le cache de l'œilleton pour vérifier que tout se passait bien.

– L'Indien était du même avis que toi... À cause de la came, je crois bien. Il a refusé d'aller à son enterrement...

Moreux ne mordit pas à l'hameçon. Il resta évasif.

– Oui, je sais...

– Je sais que tu sais... J'ai jeté un œil sur ton dossier, aux R.G., avant de venir te rendre visite... Par simple curiosité. Je me demande quel effet ça ferait, à Marcheim, si on apprenait que tu as commandité la descente de police de février dernier, au domicile que tu partages avec Michèle Shelton ?

Gérard Moreux se leva d'un bond, toisant l'inspecteur.

– Vous racontez n'importe quoi ! Et j'aurais fait ça pour quelle raison ? C'est moi qui me suis retrouvé avec les bracelets. Je suis resté toute la nuit entre les mains de vos collègues... C'est de la folie furieuse !

– Pas tant que ça... La meilleure façon de couvrir un indicateur consiste à le faire passer pour un martyr de la cause. Dans les manifs, ce sont eux qui se portent toujours en première ligne en hurlant le plus fort, pour galvaniser les troupes... Tu n'avais pas digéré que Dienta te débarque de la liste écolo. Normalement, il aurait dû être présent lors de la perquisition, et j'imagine que tu lui avais réservé une petite surprise qui lui aurait valu de t'accompagner au commissariat, histoire de torpiller sa candidature...

Cadin rassembla les fanzines, les taqua sur le formica pour les glisser dans le pochon. Il tapa sur la porte, avec la tranche d'une pièce de cinq francs, pour signifier que l'entretien était terminé, et se retourna vers Moreux tandis que les pas du maton se rapprochaient.

– Je vais aller voir Michèle Shelton pour lui parler de tout cela... J'ai le sentiment qu'elle se fait encore des illusions à ton sujet...

Il y eut un éclair de lumière dans le judas, un claquement de targette, le cliquetis du trousseau de clefs. Moreux fonça sur l'inspecteur.

– Ne le faites pas, je vous en supplie... Il y avait un autre Gérard, dans la ferme d'Undermatt...

– C'est qui ?

Il balança le nom alors que la porte s'ouvrait sur le gardien silencieux.

– Je ne connais pas son véritable nom... Il se faisait toujours appeler Regain...

L'inspecteur reprit sa voiture. Il roula un moment au ralenti, observant les lycéennes de Reichstett qui s'époumonaient sur l'ancien chemin de ronde transformé en « parcours du cœur ». La morgue occupait un pavillon des hôpitaux civils, face aux bidonvilles et aux house-boats délabrés du Heyritz. Il vint se garer contre un fourgon Citroën du commissariat de la Robertsau qu'un flic en tenue nettoyait au jet. La flotte ruisselait sur les sièges, les banquettes en bois, l'intérieur des vitres avant de s'écouler sur le plancher ondulé. Deux autres policiers, livides, prenaient l'air, assis sur un banc près d'un massif d'arbustes en bourgeons. L'inspecteur salua le nettoyeur, avec lequel il avait participé à un stage, l'année précédente.

– On ne pourra pas dire que vous ne prenez pas soin du matériel !

L'homme se retourna, une grimace de dégoût imprimée sur le visage.

– C'est surtout une question de survie... On a repêché un client sur le bord de la station d'épuration. Ça devait faire quinze jours qu'il baignait dans son jus... Tout juste si on a pu le prendre en un seul morceau tellement ça grouillait. La puanteur de l'enfer !

Cadin se dirigea vers l'entrée de l'institut médico-légal. L'odeur fut aspirée par le mouvement de la porte, l'obligeant à reculer, le cœur au bord des lèvres. C'était comme s'il avait ingéré une partie de la mort de l'inconnu. Il se savait incapable de tenter une seconde incursion, et traversa le parc pour s'enfermer dans la cabine de la rue des Glacières, dans l'ombre ventrue du clocher de l'église orthodoxe. Il introduisit un franc dans le monnayeur. La secrétaire lui passa le docteur Fournier.

– Bonjour... Inspecteur Cadin, du commissariat de la Nuée-Bleue. Nous nous sommes rencontrés la semaine dernière sur le chantier de la centrale de Marcheim... Au sujet de l'assassinat d'Alain Dienta...

– Oui, je me souviens... Je vous ai fait parvenir mon rapport... Vous l'avez reçu, j'espère ?

– Tout va bien de ce côté-là, je vous remercie... En travaillant sur notre dossier je suis tombé à plusieurs reprises sur une autre affaire criminelle qui date de plusieurs années, et j'aimerais pouvoir consulter les pièces relatives à l'autopsie...

– Si ce n'est pas trop vieux et que le crime a eu lieu dans le secteur, je peux regarder sur mes étagères et celles des collègues... Vous n'avez qu'à passer dès que vous aurez une minute... On vient de m'amener une charpie, et je ne pourrai pas bouger de la journée.

Cadin tenta une diversion pour échapper aux effluves.

– On peut prendre un verre ensemble... Au Quartier-Blanc, par exemple... J'y suis dans un quart d'heure.

Le docteur Fournier sauta sur l'occasion.

– D'accord, ça m'aérera... Il s'appelle comment, votre client ?

– Boris Undermatt... Il est mort d'une overdose en mai 1975, aux alentours d'une ferme de Marcheim...

Il y eut un silence au bout de la ligne, puis Fournier se racla la gorge.

– J'aurais dû m'en souvenir : c'est mon adjoint qui s'en est occupé, à l'époque, sous mon autorité...

Le Quartier-Blanc était fréquenté moitié par des infirmières, moitié par des étudiants de la faculté de médecine. De temps en temps, les bidasses voisins de la caserne Barbade essayaient de s'implanter pour disputer aux futurs toubibs les regards en biais des soigneuses. Le patron les refoulait sans ménagement, davantage intéressé par la jeunesse friquée que par les demi-soldes des défenseurs de la Patrie.

Cadin s'installa sur la banquette en moleskine rouge, sous le poster d'un groupe de rock alsacien, À Contre-Courant, qui se produisait le soir dans la salle du sous-sol. À la table d'à côté, une fille qui ressemblait à Michèle Shelton fumait une cigarette à l'eucalyptus en regardant frémir les narines des autres consommateurs. L'inspecteur pensait qu'elle se donnait des frissons de junkie à bon compte quand le légiste poussa la porte du troquet. Il fila droit sur Cadin qui perçut, dans le déplacement d'air, une évocation du noyé mêlée aux vapeurs médicinales. Fournier posa un dossier avachi sur le plateau rond et commanda un grog.

– Vous l'avez retrouvé, à ce que je vois...

Il se pencha vers son bol pour ne rien perdre des vapeurs de rhum.

– Oui, on conserve un double des pièces pendant cinq ans, ensuite c'est versé aux archives de la préfecture... Je ne sais pas exactement ce qu'il y a dedans, je n'ai pas eu le temps de m'y replonger... Vous pensez donc qu'il y a une liaison avec cet écologiste abattu le soir des élections ? Pourtant j'ai cru voir que vous aviez arrêté un type dans cette histoire...

– Il est cité dans l'instruction, mais on l'a appréhendé

pour une affaire annexe. Il paraît que ça calme l'opinion... Tous les témoins que j'interroge me ramènent à cette communauté qui s'est installée entre 1972 et 1975 sur les terrains promis à la centrale nucléaire de Marcheim. J'ai potassé la presse de l'époque sans rien trouver sur les activités de ce groupe. Jusqu'à la mort de leur leader qui est traitée sous la forme d'une brève de trois lignes dans *L'Alsace* et dans *Les Dernières Nouvelles...*

Fournier trempa le pouce et l'index dans son grog pour se saisir de la rondelle de citron qu'il suçota consciencieusement en émettant des petits bruits de lèvres et de langue. Il se frotta les mains pour s'assécher les doigts, débrida la lanière passée autour du dossier et se mit à le compulser.

– Là, ce sont tous les formulaires pour les transferts du corps, les déclarations de conservation, les copies de commission rogatoire... Voilà les conclusions... Vous le connaissiez, ce Boris Undermatt ?

Fournier n'attendit même pas que l'inspecteur eût prononcé « non », pour faire glisser vers lui, à la manière d'un serveur de poker, trois photos prises lors de la découverte du cadavre par l'Identité judiciaire. Les deux premières cadraient une partie de la ferme ainsi qu'un chemin creux bordé de fruitiers. Undermatt gisait au milieu d'une ornière envahie d'eau, la tête à demi immergée. Il était vêtu d'un pantalon de velours noir côtelé, d'une chemise « grand-père » blanche, manches retroussées, serrée au niveau de la taille par un large ceinturon de cuir, et de bottes aux talons éculés. Le troisième cliché avait été pris après que l'on eut retourné le corps. Le visage de Boris, barré par des mèches de cheveux poisseuses, les joues et le front maculés de boue, était comme éclairé par ses yeux grands ouverts. Une blessure dessinait un sourire forcé, à la commissure des lèvres.

– Je le croyais plus jeune... Il avait quel âge ?

– Il était de janvier 30... Ce qui fait quarante-cinq ans au moment de sa disparition. Il y a quelques éléments sur son parcours, je vous les lis ?

Cadin but une gorgée de Schutz fraîche.

– Allez-y, on ne sait jamais...

– Il est né à Pulversheim, dans une cité minière. Son père est mort le 23 juillet 1940, au début de l'occupation allemande : un coup de grisou au fond du puits Rodolphe, qu'ils sont en train de fermer... Vingt-cinq victimes. La plus grosse catastrophe de toute l'histoire du bassin potassique... Traditionnellement, les fils de mineurs le deviennent aussi, mais cet accident a fait naître en lui une totale aversion pour ce métier. Il a été régisseur d'une petite troupe, le Théâtre-Bulle...

– C'est marrant, les coïncidences... J'ai vu une de leurs pièces au Rallye-Drouot de Mulhouse, il y a quelques années. Ça s'appelait *J'ai confiance en la justice de mon pays...* Ils n'étaient pas très tendres avec la police !

Les éléments concernant la création, puis la vie de la communauté dans l'ancienne ferme Lützendorf étaient traités sous forme de résumés qui renvoyaient aux pièces du dossier d'instruction et aux notes des Renseignements généraux. Le docteur Fournier les parcourut avant de se saisir des feuilles détaillant le travail du légiste adjoint.

– C'est bien ce que je pensais... Anoxie suraiguë et hypercapnie bulbaire... Brassage hydro-aérique avec formation de spume, et stase de sang veineux dans les cavités droites du cœur. Un véritable cas d'école... À ce stade-là, on pourrait presque se passer de conclusions.

– Anoxie, spume, extase... Je ne comprends que l'un des trois mots, mais je ne sais pas ce qu'il vient faire dans la liste ! Ça veut dire quoi ?

– Tout simplement qu'il est mort noyé. Ses poumons baignaient dans l'eau provenant de la grosse flaque. Il est vraisemblablement tombé de toute sa hauteur, s'est étourdi sous la violence du choc, comme en témoigne la blessure sur le maxillaire inférieur, puis le liquide a pénétré dans les voies respiratoires. Hémotose pulmonaire, anoxie, troubles cardiaques. Puis tout s'y met, l'eau s'immisce dans l'estomac à la faveur des réflexes de déglutition... Dans son cas, l'agonie a été extrêmement rapide. Mon collègue pense qu'il est cliniquement mort dans les trois minutes...

Un frisson de dégoût obligea Cadin à repousser son verre de bière, qu'il avait porté à sa bouche sans même y réfléchir.

– C'est la seule cause ? Il n'a rien décelé d'anormal ?

– L'eau de la mare a été plus rapide que la dose d'hydroxydelta T.H.C. qu'il se trimbalait dans le sang...

– De la came ?

– Oui, et pas de l'eucalyptus avec lequel la gamine d'à côté nous enfume ! Pour être précis, c'est une molécule produite par le foie sous l'effet du cannabis, et qui est véhiculée jusqu'au cerveau par le sang. Au moment de son accident, Boris Undermatt était chargé comme un mulet. Ce qui explique qu'il n'ait pas réagi en tombant dans l'ornière et qu'il se soit noyé dans vingt centimètres d'eau.

L'inspecteur posa les coudes sur la table, le menton sur ses doigts croisés, et avança son visage vers celui de Fournier.

– On ne peut pas imaginer qu'il soit mort avant de barboter ? La noyade est peut-être une simple mise en scène. Qu'est-ce qui s'y oppose ?

Le légiste préleva une feuille dans le dossier.

– Tout. Dans cette hypothèse, le liquide ambiant et toutes les particules en suspension ne passent pas le barrage des petites bronches. Là, nous en avons retrouvé jusque dans la moelle osseuse. Aucun doute n'est possible. La mort est bien due à une submersion avec inondation des voies respiratoires. Après, bien sûr, on peut bâtir toute une série de scénarios, mais ce n'est plus du domaine de la science...

– Lesquels ? Dites toujours...

Fournier racla le fond de son bol avec une cuillère pour rassembler le dépôt de sucre parfumé au rhum.

– Je ne sais pas... Quelqu'un aurait pu profiter de son état pour le pousser et le maintenir la tête immergée... On peut tout supposer, mais au moment des faits on nous a demandé de procéder à une autopsie courante, celle que l'on pratique en cas de mort vaguement suspecte, de suicide. Les enquêteurs n'ont jamais insisté sur la piste criminelle...

– Et ça change quoi lorsqu'on attire votre attention ?

Ils se levèrent. Cadin régla les consommations, sur le zinc. Fournier lui répondit avant de s'éloigner vers le parc des hôpitaux civils.

– On passe davantage de temps sur le client... On s'intéresse aux détails, on le bichonne : ça le rend plus bavard...

Cadin partit en sens inverse, dans la direction des Ponts-Couverts, et c'est en passant devant les Tétramorphes, ces ironiques statues encloses, qu'il se rappela soudain avoir laissé sa voiture sur le parking de la morgue.

15.

Camaïeu de sauvageonne

Comme souvent lorsqu'il avait besoin de réfléchir, Cadin roulait sans but, dans des sortes de fins de mondes. La rue du Rhin-Napoléon longeait les papeteries, les fabriques d'Isorel installées sur un no man's land, en bordure du bassin Vauban. De l'autre côté, la plaine basse était couverte de petites baraques, toutes semblables, plantées au cœur du maillage des jardins ouvriers. Une végétation désordonnée envahissait les vestiges de la ligne de défense du fleuve. Le brouillard tombait, en même temps que la nuit, et c'était comme s'il matérialisait l'odeur lourde et sucrée de la fermentation des pâtes à papier. Il poussa jusqu'aux écluses de l'avant-port sud, vint s'appuyer à la rambarde humide pour s'abîmer dans la contemplation des eaux noires, en contrebas. Le linceul des désespérés...

Une péniche allemande chargée de copeaux remontait vers les usines. Il observa le transbordement puis s'assit sur la banquette arrière de la Renault pour relire les notes consignées dans son calepin. Il détacha la double feuille centrale afin d'y reporter tout ce qu'il avait appris à propos de Regain. Dans son souvenir, c'était Michèle Shelton qui lui en avait parlé la première, lorsqu'il l'avait accompagnée en voiture jusqu'à la gare. Par contre, il redécouvrit avec surprise ces mots entourés d'un cercle nerveux qu'il avait totalement oubliés : *Peinture Regain, de Alain à Michèle (petite sauvageonne), veille premier tour.* Il les raccorda à l'autre tableau du fresquiste handicapé entrevu chez l'ancien maire, Émile Loos, avant de relire tout ce qu'il avait retenu de sa visite dans les entrepôts squattés de la gare des Ports. Des montagnes de combinés téléphoniques hors d'usage, jusqu'à la philosophie végétalienne appliquée aux animaux de compagnie.

Une sorte de pluie suspendue recouvrait uniformément le paysage jusqu'à Marcheim. De loin en loin, le faisceau jaune des phares butait sur un mur de brouillard, et il devait alors chercher la trace de la ligne médiane, juste devant le capot, pour rester sur la route. Un rai de lumière filtrait au-dessus des volets fermés du 15 de la rue Grande. Il franchit la grille, cogna au carreau épais de la porte. Il y eut des bruits de claquettes dans les escaliers, et Michèle lui ouvrit tout en finissant de nouer la ceinture de son kimono. Elle s'attendait visiblement à une autre visite car son sourire s'effaça dès qu'elle vit l'inspecteur.

– Qu'est-ce que vous voulez ? Vous venez m'arrêter à mon tour, c'est ça ?

– Laissez-moi entrer... J'ai besoin de vous parler...

– Je ne vois pas ce que nous avons à nous dire de plus...

Elle retenait la porte qu'il poussa de l'épaule, en s'avançant. La jeune femme recula vers la cuisine, pour éviter le contact.

– Vous m'en voulez à cause de l'arrestation de Gérard ?

Elle se planta une cigarette entre les lèvres qu'elle alluma à la flamme du chauffe-eau en se hissant sur la pointe des pieds.

– Vous voulez un café. Il en reste, j'ai juste à le réchauffer...

– Je vous ai posé une question...

– Moi aussi...

Cadin sourit. Il vint s'asseoir devant la table.

– Oui, je vais prendre un café...

– Moi aussi c'est oui : je vous en veux. Vous savez bien que ce n'est pas lui qui a assassiné Alain !

– Personne ne l'a jamais prétendu... Il est inculpé pour tout autre chose...

Elle se redressa alors qu'elle disposait les tasses, les cuillères et le sucre sur la table.

– Personne ? C'est bien ce que vous avez dit : personne... Dès que je fais un pas dans la rue, les regards pèsent sur moi. Pas besoin de sous-titrage pour comprendre ce qu'ils pensent : mais qu'est-ce qu'elle fiche encore dehors, la complice du tueur ! Vous pouvez en arrêter un autre, demain, et lui faire avouer le crime, Gérard n'en restera pas moins le coupable idéal dans la tête des gens d'ici. La rumeur est installée, pour des années... Et si par malheur vous ne trouviez jamais le véritable meurtrier, il n'aurait plus qu'une seule solution, c'est de quitter la région sans espoir de retour...

Elle se précipita vers la gazinière pour soulever la casserole dont elle jeta vivement le contenu dans l'évier.

– Café bouillu, café foutu ! Je vais en refaire du neuf...

– On ne pouvait pas s'en sortir autrement avec Moreux... Et d'abord, vous ne le connaissez pas aussi bien que ça...

Michèle le fixa droit dans les yeux.

– Ça signifie quoi ? Qu'est-ce que vous insinuez ? Allez-y franchement...

– Si la vie des gens était aussi limpide qu'ils le prétendent, le monde pourrait avantageusement se passer de policiers... Je ne souhaite qu'une seule chose, comprendre pourquoi il a fallu que quelqu'un en arrive à tuer l'Indien. Vous vous souvenez quand nous nous sommes vus pour la première fois ?

– Nous sortions de la brasserie Stöerkel, à Mulhouse, après un conseil de rédaction, et je vous ai expliqué ce que signifiait Klapperstei... Vous étiez encore à votre avantage : j'ignorais votre profession...

– Je mélange tout... Ce n'est pourtant pas si vieux que cela... Je suis ensuite venu vous interroger dans cette pièce... La troisième fois, vous m'avez appris l'existence de Regain...

– Oui, c'est quand vous m'avez accompagnée à la gare dans votre voiture.

– Exact ! Je n'y ai pas prêté attention sur le moment, mais vous aviez également évoqué un tableau qu'Alain vous avait offert la veille de sa mort. C'était dans ses habitudes de vous faire des cadeaux ?

– Beaucoup de choses qui sont ici viennent de lui... Des disques, des livres, le canevas chilien, la petite statuette là-bas sur la cheminée... C'est une reproduction d'une gargouille de la cathédrale de Strasbourg...

Elle prit la cafetière et remplit les deux tasses en se penchant vers l'inspecteur.

– C'est curieux que vous me parliez du tableau de la petite sauvageonne et en même temps de Regain...

– Pourquoi ? Je ne vois pas ce qu'il y a de bizarre.

– Parce qu'il est de lui, justement...

Cadin reposa sa cuillère sur la table.

– Il est ici ? Vous l'avez gardé à la maison ?

– Oui, bien sûr...

– Je voudrais absolument voir à quoi ça ressemble. Vous pouvez aller le chercher...

Michèle Shelton quitta la cuisine. Tout en avalant le café, à petites gorgées, il suivit ses pas dans l'escalier, les craquements du plancher dans la chambre aux coussins. Elle revint en serrant contre elle une plaque de bois du format d'une feuille de papier ordinaire. Un morceau de ficelle était tendu entre deux petits clous recourbés.

– Au début je le trouvais affreux, à cause de la violence des couleurs... Il est resté retourné contre le mur pendant deux ou trois jours... J'ai fini par l'accrocher, et maintenant, ce n'est pas que je l'aime bien, mais je m'y suis habituée...

Cadin se leva tandis que la jeune femme posait la peinture sur la cheminée, en appui contre la statuette strasbourgeoise. Il reconnut immédiatement le camaïeu de rouges agressifs d'où émergeait le visage d'adolescente qui décorait la pièce du premier étage où Gérard Moreux l'avait reçu, quelques jours plus tôt.

– Il faut reconnaître que c'est violent... L'Indien aimait ce genre de peinture ?

– Pas du tout. Les seules fois où il m'a parlé du travail de Regain, c'était pour en dire du mal. Nous sommes allés une fois ensemble à Amsterdam pour visiter une exposition de Brueghel. Il était en admiration devant les peintres flamands.

L'inspecteur but son café et fit quelques pas pour venir se placer devant le portrait écarlate.

– Comment expliquez-vous le fait qu'Alain vous offre le tableau d'un peintre dont il déteste la production ? Ça ne tient pas debout !

– Je n'explique rien : je constate...

– C'est Regain qui le lui a donné ?

– Non. Il l'avait trouvé par hasard chez Shell, le brocanteur qui s'est installé dans la station-service de l'ancienne départementale. Il l'a acheté pour presque rien, trente ou quarante francs... En fait, lorsque j'y repense, Alain ne m'en a pas véritablement fait cadeau... Il me l'a donné en me demandant d'en prendre soin, de le garder en dépôt...

– Je peux vous l'emprunter, le temps d'en tirer une photo ?

– Prenez-le mais n'oubliez pas de me le rapporter : c'est la dernière chose qui me vient de lui.

Cadin quitta Marcheim en direction de Colmar. Les travaux de la centrale bousculaient le réseau routier. L'encre des cartographes coulait moins vite que le béton, que l'asphalte, et il fallait faire une confiance aveugle à la multitude de panneaux de déviation pour parvenir à destination. L'emblème des pèlerins de Compostelle faisait une tache jaune dans la campagne, auréolant le brouillard, sur la droite. La voie rapide filait au plus pressé, délaissant les sinuosités de la vieille route qui épousaient le cours paresseux de la Thur. Il s'engagea sur le revêtement rapiécé, traversa un petit pont de pierre, un boqueteau de noisetiers, pour venir se garer devant d'antiques pompes Caltex à doseur en verre et niveau visible. Les antiquités lourdes, meubles massifs, manteaux de cheminées, balustres, escaliers, grilles, s'amoncelaient dans l'ancien atelier-garage, tandis que le bibelot, le bijou, la vaisselle, remplaçaient l'huile et le loockhed sur les étagères qui garnissaient les murs courbes de l'accueil de la station. Un homme d'une cinquantaine d'années, assis sous un miroir serti dans un encadrement à fleurs en bois doré, feuilletait un large volume en faisant claquer les pages sous ses doigts. L'inspecteur s'approcha de lui en débarrassant le tableau de la double page de journal avec laquelle Michèle Shelton l'avait protégé. Le brocanteur l'observait par-dessus ses demi-lunes.

– Ce n'est pas la peine de déballer : je n'achète pas au détail...

– Ne vous inquiétez pas, je ne suis pas vendeur... Vous vous souvenez de cette peinture ?

– Je ne reprends pas la marchandise...

Cadin sortit sa carte de sa poche. L'homme posa l'atlas sur un guéridon.

– Je vous demande simplement si vous vous en souvenez...

– On peut difficilement oublier une pareille croûte. Je l'avais mis là-bas, avec les nains de jardin et les compositions en écorce, dans ce que j'appelle la galerie des horreurs. Je pensais naïvement que personne n'aurait assez de mauvais goût pour l'acheter ! Vous enquêtez sur quoi ?

L'inspecteur promena son regard sur la trentaine de tableaux accrochés aux murs. Des natures mortes, des paysages, des marines, des nus, et quelques portraits dont aucun ne portait la signature de Regain.

– Pas sur vous, soyez tranquille... Sur le peintre... Cette chose vous est arrivée entre les mains de quelle manière ?

– Elle était dans un lot que j'ai acheté à un démolisseur, il y a près d'un an... Les établissements Belet et Camus de Dornach. Ce sont eux qui ont nettoyé tout le terrain de la centrale nucléaire. Ils ont foutu en l'air une dizaine de fermes, des granges, et même une petite chapelle dont j'ai pu récupérer plusieurs éléments, en accord avec l'évêché... Tout le reste a fini en remblais, pour la quatre-voies.

– Il paraît qu'il se passait de drôles de choses dans l'une de ces fermes...

– Tiens, je n'y avais pas pensé, mais ça ne m'étonnerait pas que ce soit l'un ou l'autre des types de la communauté qui s'amusait à peindre ce genre de choses... Le problème, c'est que la dispersion de leur groupe date de près de deux ans...

– Vous les avez fréquentés ?

Le brocanteur secoua la tête en souriant. Il pointa le doigt sur un chromo, une turquerie représentant une scène de harem.

– J'aurais bien voulu... On racontait dans le coin que les filles se promenaient dans la même tenue que les nymphettes du Bischwiller, là-bas...

Cadin quitta l'ancienne station-service. Le portrait de la sauvageonne, posé sur le siège passager, se reflétait dans le pare-brise, et il eut plusieurs fois l'impression étrange que la gamine le regardait. Le brouillard s'était encore épaissi.

Il se plaça dans le sillage d'une fourgonnette qui roulait à petite vitesse et rejoignit Strasbourg, le nez collé à ses feux. L'équipe de nuit venait de prendre possession de la Nuée-Bleue. La majorité des policiers de cette brigade lui étaient inconnus. À vrai dire, il n'avait jamais cherché le contact, allergique à l'ambiance de corps de garde, de fraternité alcoolique, d'amitié virile de fin de match qui soudait les effectifs des nuitards. L'inspecteur grimpa directement au premier, le tableau rouge sous le bras. Il le posait sur la vitre de la photocopieuse installée sur le palier quand un bruit de pas attira son attention. Il se retourna.

– Bonsoir, Haueser... Qu'est-ce que vous faites encore là ? Vous avez vu l'heure ?

– Du travail en retard... J'aime bien que mon bureau soit dégagé. Il a fallu que je mette au clair tout le dossier sur les écologistes qui occupaient le pylône E.D.F d'Heiteren...

– Il me semble en avoir entendu parler... Ils ne se sont pas fait attaquer au cocktail Molotov ? On a su qui c'était ?

– Pas vraiment... Le bruit court que les assaillants venaient des services de sécurité des usines Peugeot de Mulhouse... Les gros bras du Service d'action civique... Vous voulez une Jubilator ? Il doit m'en rester deux au frais...

Sur un signe de tête affirmatif de Cadin, il se dirigea vers les toilettes pour prendre les bouteilles posées sur le rebord de la fenêtre. Ils trinquèrent tandis que la première photocopie sortait de la machine. Haueser y jeta un regard. La reproduction en noir et blanc accusait les traits du visage de l'adolescente, soulignait la forme des yeux, celle de la bouche. Il prit la feuille de papier encore tiède pour l'observer de plus près.

– Je peux vous demander où vous avez trouvé cela, Cadin ?

L'inspecteur reprit l'original, sous le cache.

– Je viens de le récupérer à Marcheim chez l'ancienne compagne de l'Indien... Acheté dans une brocante. Vous l'avez déjà vu quelque part ?

– Pas la peinture, je m'en souviendrais... Mais cette tête-là ne m'est pas totalement inconnue... Je l'ai déjà rencontrée, il n'y a pas si longtemps...

– Où ça ?

– Il faut que je regarde... Laissez-moi un peu de temps, que je plonge dans ma galerie des portraits. Je vous donne le résultat demain.

Cadin vadrouilla un petit moment dans le quartier de la gare. Il ralentit par deux fois devant une fille en maraude qu'éclairait le néon d'un hôtel, au coin de la rue d'Obernai. Il refit le tour du pâté de maisons, mais au troisième passage il la vit s'éloigner en compagnie d'un militaire.

16.

Sa boule roulait encore....

Cadin orienta le bouton du chauffe-eau vers la position maximum et fit couler l'eau bouillante sur la poudre de café qui recouvrait les deux sucres, au fond du bol. Un entrefilet perdu dans les déchirures de la page ultime des *Dernières Nouvelles d'Alsace* annonçait que Liu Dong, l'un des derniers eunuques de l'ex-empereur de Chine, venait de se suicider après qu'on lui eut dérobé l'écrin dans lequel était conservé « son trésor », les organes génitaux sans lesquels il ne pourrait vivre une éternité d'homme.

Le brouillard de la veille ne s'était pas dissipé. L'extrémité des Ponts-Couverts qui reposait sur la berge extérieure de l'Ill s'effaçait du paysage, de même que la place du marché ou la prison des femmes. Au-delà, les faubourgs n'existaient que par les lueurs sourdes des enseignes. L'inspecteur prit une des photocopies, qu'il rehaussa au moyen d'un crayon de couleur orange, et la plia pour la glisser dans son portefeuille. Le vent du nord le saisit dès qu'il mit le nez dehors. La batterie de la Renault lui fit une frayeur, avant de consentir à entraîner le moteur. Il contourna la ville en longeant le canal qu'il franchit au pont d'Anvers alors qu'en contrebas le ponton-nier roulant de Starlette extrayait le charbon des profondeurs d'une péniche allemande. Il fila droit sur la centrale thermique pour se perdre, une nouvelle fois, sur les quais identiques des bassins emprisonnant les eaux du Rhin, et finit par rejoindre la gare des Ports qu'éclairait un néon vibrionnant. Les entrepôts aux toits crénelés dessinaient une masse plus sombre derrière les silhouettes élancées des peupliers. Il se gara dans un coin du parking, à l'écart des carcasses de téléphone et des amoncellements de canettes de bière, puis déchiffra, en marchant, les lettres de « Grateful Dead » cachées dans la fresque pop'art décorant la porte des anciens magasins généraux. Les deux chiens roux, croisés de setters, vinrent le renifler, tandis que le reste de la meute, briard, danois, labrit et berger allemand, restait allongé sous l'auvent chancelant d'un quai de chargement. Vêtue d'une robe gitane, l'une des filles qui confectionnaient la mixture végétarienne, lors de sa première visite, se tenait en retrait et le regardait avancer en tirant sur un joint.

– Regain est dans son atelier ?

Elle se contenta de rejeter un nuage de fumée parfumée dans sa direction. L'inspecteur se détourna pour marcher vers le hall. Une équipe de ferrailleurs aux mains gantées démontaient les machines abandonnées, chargeaient les pièces détachées sur le plateau débâché d'une 404 de chantier. Il les salua au passage. Le couloir vitré sentait le bois humide, la soupe froide et la pisse de chat. Dans la première piaule un couple dormait, paisiblement enlacé, insensible aux réverbérations des coups de marteau sur le métal rouillé. Le rideau qui protégeait l'entrée du dernier bureau était tiré. Il s'arrêta sur le seuil pour observer Regain. Le peintre lui tournait le dos, et Cadin n'apercevait que la partie supérieure du tableau en cours, un soleil écarlate saturant le ciel nuageux de rouge orangé. Il toussa pour signaler sa présence. Regain fit pivoter son fauteuil roulant et fixa sur l'inspecteur le regard intense de son œil valide.

– Tiens ! Bonjour, commissaire Cadin...

– Je vous remercie pour la promotion, mais je ne suis qu'inspecteur.

– Je voulais dire : commissaire d'exposition... J'ai l'impression que vous vous intéressez beaucoup à l'art. Ce n'est pas si fréquent que ça, dans la police. Je n'ai jamais vu un seul tableau représentant un flic, un panier à salade ou l'intérieur d'un commissariat...

– À la Nuée-Bleue, on se contente des portraits-robots... Vous avez toujours aimé ces couleurs flamboyantes ? Elles sont particulièrement difficiles à maîtriser...

Regain nettoya l'extrémité de son pinceau à l'aide d'un chiffon.

– On nous enferme dans des catégories. Chacun sa boîte et son étiquette. Pour les gens, il n'existe que quelques couleurs, le rouge, le bleu, le jaune, le noir, le blanc... Alors que chacune d'elles comporte des nuances infinies... Pour décrire ce ciel d'orage, un amateur éclairé utilisera tout au plus trois ou quatre d'entre elles... Personne ne parviendra à distinguer l'amarante de l'andrinople, le garance du cramoisi, le safrané du pourpre, ou l'incarnadin du corallin ! Je ne parle même pas de l'alizarine ou du colcotar ! Sans compter les intermédiaires qui naissent des mélanges, des proximités...

Cadin fit quelques pas pour caresser le chat tigré qui dormait au creux d'un canapé, découvrant l'ensemble du tableau en cours. Le visage penché, bouche ouverte sur un cri, d'une jeune fille rousse. Il sortit son calepin de sa poche d'imperméable.

– Si je me souviens bien, vous étiez parmi les tout premiers membres de la communauté de Boris Undermatt, en 1972, et vous êtes parti dans les derniers, trois ans plus tard...

L'inspecteur était passé du côté de la face morte de Regain, et quand il se mit à parler, Cadin eut l'étrange sentiment que la voix naissait des lèvres peintes.

– Vous en êtes encore là, à penser que le meurtre de l'Indien pourrait avoir un rapport avec cette époque ? Vous perdez votre temps, inspecteur... Il faut aller chercher ailleurs.

– Si vous avez une idée d'où se trouve cet « ailleurs », je suis preneur..

– Il est là, dans ce monde suintant de sénescence, peuplé de jeunes vieillards qui cherchent à se réchauffer au soleil d'hiver...

Cadin fronça les sourcils et feuilleta son carnet de notes.

– Désolé, mais j'ai oublié mon manuel de décryptage... J'en aurais également eu besoin pour mieux comprendre ce passage de *Ruines du Futur*, le journal de la communauté... C'est dans le numéro de novembre 74. Vous y collaboriez, non ?

– Ce sont de vieilles histoires. Je ne vois pas où vous voulez en venir...

– Il suffit d'écouter... Le titre, c'est « Ami(e)s pédophiles, bonjour ! »..., et le texte est pour le moins curieux :

« Nos contradictions versent souvent dans l'obsession répressive de la sexualité... Le principal traumatisme que subit l'enfant " victime ", le mot victime est entre guillemets, d'un satyre provient de ses parents qui en font tout un plat, alors que l'enfant, s'il n'y a pas eu violence, aurait plutôt tendance à s'en foutre. » C'est signé Gérard, et c'est bien comme cela que vous vous appelez, Gérard Regain ?

Le chat tigré quitta sa couche, lapa un peu de liquide dans une auge où stagnaient quelques légumes, puis sauta sur les genoux du fresquiste au regard célibataire.

– Oui, mon premier prénom est Gérard... Qu'est-ce que ça prouve ? Il passait des dizaines de personnes chaque mois à la ferme... On ne leur demandait pas leur carte d'identité avant de les accueillir. Pour faire partie de la famille, il suffisait de cogner à la porte et de dire bonjour. On a peut-être hébergé des flics qui s'appelaient Gérard ! Allez savoir... C'est comment votre prénom, inspecteur ? Gérard ?

Cadin fit semblant de ne pas avoir entendu.

– Vous voulez dire que ce n'est pas vous qui avez écrit cet article...

Regain se mit à caresser l'animal de sa main roide.

– Je n'en sais rien... À l'époque, tout était dans tout, et inversement ! On s'essayait à la création collective sans nous apercevoir que nous sombrions dans un ronronnement rupestre et hippisant... C'est seulement après que l'on a compris qu'il fallait confronter les pratiques et les existences différentes... Que ce soit l'âge, les origines, la culture, la formation, les conceptions politiques ou les pratiques sexuelles... On apprend vite que l'expérience ne se nourrit pas d'elle-même... En faisant sauter certains blocages, il arrive même qu'on en révèle d'autres bien plus considérables...

Il fut interrompu par le type au visage bouffé par les éruptions d'acné qui avait ouvert la grille à Cadin, une semaine plus tôt. Traversant la pièce, il ignora l'inspecteur et déposa une corbeille de fruits sur un guéridon avant de repartir sans avoir prononcé un mot. Cadin profita de son passage pour prendre la photocopie dans son portefeuille. Il s'approcha du fauteuil de Regain en la dépliant.

– Je n'ai aucune vocation rentrée de critique d'art, mais je peux tout de même constater que vous avez accompli pas mal de progrès depuis quelques années... Votre travail ne consiste plus en une simple volonté de représentation, il y a maintenant un véritable style... On est loin de ce portrait laborieux...

L'inspecteur plaqua la feuille de papier sur l'œuvre en cours posée sur le chevalet, sans s'apercevoir que le motif était placé dans l'angle mort de la vision du peintre. Regain fit pivoter son fauteuil roulant de trente degrés pour se replacer dans le champ. Il se figea totalement en découvrant le visage orangé de la sauvageonne, demeurant interdit pendant de longues secondes. Cadin ne se rendit pas immédiatement compte du trouble de son interlocuteur.

– Pas la peine de prétendre que ce portrait n'est pas de vous : ce n'est pas « Gérard » qui est inscrit en bas à gauche, mais « Regain », et la signature, elle, n'a pas du tout changé...

Le peintre parvint à maîtriser les tremblements qui l'agitaient. Il remua ses moitiés de lèvres pour articuler d'une voix blanche :

– Où est-ce que vous avez trouvé ce dessin ?

L'inspecteur rattrapa les mots qui lui brûlaient la langue, à deux doigts de révéler qu'il s'agissait du dernier achat de l'Indien.

– Dans une brocante, près du chantier de la centrale de Marcheim. Ils ont récupéré tout ce qui traînait sur le site, avant le démarrage des travaux... Ça ne va pas ? J'ai l'impression que vous vous sentez mal...

Le temps de réponse de l'inspecteur lui avait suffi pour reprendre le contrôle complet de ses émotions.

– Ouvrez la fenêtre, s'il vous plaît, et donnez-moi un peu d'eau... Cela va passer, j'ai l'habitude ; c'est juste un petit malaise...

Cadin tira les rideaux, puis il rinça un verre maculé de peinture posé sur le bord du lavabo, avant de le remplir au robinet. Il le lui tendit.

– Vous revoyez votre oncle de temps en temps ?

– Mon oncle ! Lequel ? J'en ai six. La famille n'a jamais fait les choses à moitié, sauf en ce qui me concerne... Certains d'entre eux acceptent encore de me recevoir, si je n'amène pas les bêtes... À vous de me dire celui qui vous intéresse particulièrement...

– La pépiniériste et ancien maire de Marcheim... Émile Loos...

– Perdu. On ne se parle plus depuis des années. C'est lui qui nous a expulsés de la ferme pour construire sa centrale. Je ne maintiens des relations qu'avec ma tante : elle peint elle aussi, et je lui donne parfois des conseils.

L'inspecteur tendit la main vers le chevalet pour décoller la photocopie, arrachant un éclat de peinture érubescente au tableau en cours.

Cadin fut ébloui, sous la verrière des magasins, par le soleil acétylène des ferrailleurs occupés à découper au chalumeau le bâti d'une presse. La meute dormait sous l'auvent. Seul le danois, truffe sèche, babines baveuses, trouva assez de courage pour le raccompagner jusqu'à la Renault. Il alluma le premier Meccarillos de la journée, fit coulisser la vitre et mit le cap sur la Nuée-Bleue. Le jour s'installait enfin, déchirant la masse compacte du brouillard en nappes, l'effilant en écharpes, en voiles. À l'approche de l'Ill, un vol de canards désorientés frôla le pare-brise. Il dut bousculer la dizaine de personnes qui stationnaient devant la porte pour entrer dans le commissariat. Le gardien Wicker, à quatre pattes au milieu de la pièce, épongeait une large flaque de peinture blanche à l'aide d'une serpillière, diluant le plus pâteux au white spirit. Cadin, amusé, se dirigea droit sur l'inspecteur principal Gossen.

– Ce n'est peut-être pas une bonne idée de faire repeindre le sol de l'accueil en blanc... Ça risque d'être salissant...

– Wicker n'a que ce qu'il mérite ! C'est lui qui nous a amené le connard qui est dans la cage et la bande de gueulards qui réclament sa libération. Il l'a ramassé derrière la gare en train de barbouiller des inscriptions débiles sur les murs. Il cherchait tous les panneaux officiels INTERDIT D'AFFICHER pour ajouter en dessous SES OPINIONS... Voilà le résultat !

– Vous avez vu Haueser, ce matin ?

– Il est passé très tôt, mais il devait témoigner dans une affaire, au tribunal.

– Il ne vous a pas fait de commission pour moi ?

– Non, rien... On s'est juste dit bonjour.

L'inspecteur grimpa au premier. Une main anonyme avait déposé une décourageante pile de dossiers sur le plateau du bureau, près du téléphone. Il laissa la porte ouverte pour surveiller les allées et venues de ses collègues, et commença à vérifier puis à ventiler les procès-verbaux, les doubles de déclarations, dans les chemises de différentes couleurs, jaune pour la Nuée-Bleue, verte pour la préfecture, bleue pour le juge d'instruction, rouge pour les archives. Vols de voitures, sacs de cave, éthylisme tapageur, différends familiaux... Seuls sortaient de l'ordinaire la chute d'un électricien occupé à réparer l'horloge du lycée de Rudlhof qui s'était gravement blessé en transperçant la marquise, et la crise cardiaque fatale au président du club de pétanque de la Krutenau, pendant un tournoi... Sa boule roulait encore qu'il n'était déjà plus... L'inspecteur Haueser ne se montra qu'en milieu d'après-midi, un pack de six Jubilator sous le bras, alors que Cadin revenait tout juste de l'Ancienne Douane où il avait déjeuné de poussins grillés et de pommes sautées. Haueser plaça la bière au frais, sur le rebord de la fenêtre des toilettes, fit un crochet par son propre bureau pour prendre un classeur, et s'installa sur le tabouret face à Cadin.

– Je savais bien que votre portrait me rappelait quelque chose...

Il lui tendit le tirage agrandi d'un photomaton d'identité en noir et blanc sur lequel étaient visibles les deux rivets et la trace du tampon à sec. Le visage du modèle de la petite sauvageonne était légèrement décadré, sur fond de rideau plissé gris.

– En effet, elle lui ressemble étrangement... Qui est-ce ?

– Marie Rosch. Une pauvre môme d'origine hongroise dont les parents ont échoué dans le bidonville de la rue du Heyritz, face à l'hôpital civil... Tout est détaillé dans leurs dépositions... Ils louaient une caravane au type qui collectionne les vieux camions de pompiers, près de la centrale thermique.

Cadin ne pouvait détacher son regard de celui, noir, de la gamine.

– Elle fait plus jeune que sur le tableau, mais dans le même temps, là, on dirait qu'elle fixe l'objectif avec la dureté d'une adulte blessée... C'est vous qui avez suivi cette affaire ?

– Non, j'ai tout récupéré chez Brüner et Zarka. Ils en ont encore pour plusieurs semaines de convalescence, après leur accident... Brüner m'avait montré le dossier, à l'époque, et je lui ai donné un coup de main pour certaines vérifications annexes... Je ne sais pas après quoi vous courez, Cadin, mais ils ont tout arrêté, pour ne pas avoir d'emmerdes.

– Quel genre ? Vous avez une idée ?

– À mon âge, on ne cherche plus trop à en avoir. Haueser se dirigea vers les toilettes. Il lui offrit une Jubilator avant de disparaître en lui souhaitant bon courage.

17.

Les as font des petits

L'inspecteur Cadin ferma la porte et demeura un bon moment face aux documents disposés sur son bureau sans se décider à en prendre connaissance. Il but une longue gorgée de bière encore tiède, à même la bouteille, tout en relisant les mots portés au feutre noir sur la couverture du classeur : « ROSCH, Marie, création : 12 juin 1974. » Il finit par se saisir de la fiche d'état civil qui précisait que la fillette était née en Hongrie, neuf ans plus tôt, dans la ville d'Hodmezövasarhely, dans l'arrondissement de Szeged à la frontière de la Yougoslavie et de la Roumanie. Une note de synthèse indiquait que le père de Marie avait quitté son pays à la faveur d'un contrat saisonnier sur la côte dalmate, avant de gagner la France et de travailler comme docker sur le port autonome de Strasbourg. Après avoir obtenu un titre de séjour, il était parvenu à faire venir sa femme et sa fille près de lui, en 1972. La procédure d'enquête avait été déclenchée par un « signalement » d'une assistante sociale au juge pour enfants de sa circonscription, après deux fugues de la gamine. Dans un premier temps, elles avaient été mises sur le compte des difficultés d'adaptation de l'enfant à son nouveau milieu. Tout en serait resté là si l'institutrice de Marie Rosch n'avait intercepté plusieurs dessins circulant dans la classe et qui représentaient divers rapports sexuels entre des adultes et des enfants. Scènes de masturbation, de fellation, d'accouplement, de sodomie...

Cadin se força à regarder les esquisses malhabiles qu'une série de recoupements, de vérifications, attribuait sans doute possible à la petite sauvageonne. L'un des croquis, surtout, retint son attention... Il le mit de côté et lut les conclusions de l'examen gynécologique d'un professeur Cannaerts, diplômé de la faculté de médecine : l'hymen, de type annulaire, présentait trois déchirures cicatrisées localisées dans la zone postéro-latérale, signes d'une défloration datant de plusieurs semaines, voire plusieurs mois. Les faits semblaient assez établis pour que l'inspecteur Brüner obtienne du juge d'instruction la mise en garde à vue du père de Marie, György Rosch. La confrontation organisée à la Nuée-Bleue avec la fille et Zsuzsa, la femme du suspect, avait tourné au psychodrame, György n'ayant pas trouvé de plus fervents défenseurs qu'elles. Le juge s'était abstenu de délivrer une prolongation de la détention, et seule Marie avait été dirigée vers un service spécialisé d'aide psychologique. Là on lui avait demandé de refaire des dessins, mais ce qui avait éveillé la curiosité de Cadin, dans la première série, n'y apparaissait plus. Il existait également plusieurs cassettes d'enregistrements de conversations de la gamine avec les médecins, et le dossier renfermait la transcription d'une dizaine d'extraits donnés pour les plus significatifs.

La première fois, j'étais tombée de vélo, loin de l'endroit où papa pêchait. On était partis à la campagne où on va toujours, au bord de l'eau, pour les fêtes du monsieur et pour les poissons. J'avais sali toutes mes affaires, ma robe, mon corsage, mes socquettes. J'étais pleine de boue partout. Le monsieur m'a emmenée dans la maison. Je n'ai pas eu peur parce qu'il y avait beaucoup de monde et de la musique. J'ai enlevé mes affaires pour qu'il les lave un peu. J'ai voulu me débarbouiller, moi, mais il a pris du savon dans sa main et il m'a frottée, sur la figure, sur les bras, entre les cuisses. Je suis repartie, on ne voyait plus rien sur mes affaires.
Le monsieur, le même, celui des fêtes, ou des fois c'était un autre, me prenait sur ses genoux, pour jouer « à dada »... Il habitait dans une maison pleine d'arbres et de fleurs. Il soufflait de plus en plus fort, comme s'il était malade. Il a ouvert son pantalon. C'était tout dur, il m'a dit qu'il fallait l'embrasser pour être gentille. Il me tirait la tête, il me repoussait en criant comme si je lui faisais mal. Quand ça a coulé j'ai tout de suite été malade. J'ai vomi partout sur son pantalon, sur le tapis, sur le canapé, mais il ne m'a pas grondée.

Tout ce qui suivait était pire encore. Cadin assécha la canette de Jubilator et demeura un long moment immobile, les yeux fixés sur le rectangle blanc du plafond, un pli amer aux commissures des lèvres. Le piaulement d'une sirène d'ambulance l'arracha à sa rêverie morose. Il décrocha son téléphone pour appeler la secrétaire du commissaire Brück.

– Bonjour, Christine. J'aimerais rendre une visite aux

inspecteurs Brüner et Zarka... Je n'ai pas encore eu le temps... Vous pensez que ça ne va pas les embêter...

– Pourquoi donc ! Au contraire, ça ne devrait que leur faire plaisir...

– Je crois qu'ils sont sortis de l'hôpital... Vous pouvez me donner leurs adresses personnelles ?

Il y eut un bruit de feuilles tournées.

– Pour Brüner, c'est simple, il habite au 15 de la rue de Bitche, près de l'École militaire... Avec Zarka cela risque d'être plus problématique ; il est parti se reposer et reprendre des forces dans sa famille, à Pernes-les-Fontaines. Il ne sera pas de retour avant une quinzaine de jours. Je vous communique quand même ses coordonnées dans le Vaucluse ?

– Il a de la chance dans son malheur... Dites toujours, je lui enverrai un petit mot...

Cadin effectua quelques photocopies des principaux éléments du dossier. Il récupéra sa voiture devant la pharmacie Müllener, et fit un crochet par les rues commerçantes. Il fila droit sur la gare avant de longer les boulevards que flanquaient les austères façades sans fin de l'École militaire, derrière lesquelles des as du contre-espionnage faisaient des petits. L'escalier était encombré de plantes vertes, de bouquets de fleurs séchées. La femme de son collègue vint lui ouvrir, un poupon, dont Cadin ignorait l'existence, dans les bras. Elle le conduisit jusqu'à la chambre de l'inspecteur Brüner, qui était allongé sur un matelas posé à même le sol, devant une télévision éteinte. Il tourna lentement la tête, le cou emprisonné dans une minerve en plâtre.

– Tiens, Cadin ! C'est une surprise... Qu'est-ce qui vous amène ?

L'inspecteur glissa discrètement sur le dessus de la table de nuit le paquet renfermant la tarte aux graines de pavot achetée chez un pâtissier de la rue du 22-Novembre.

– Rien de spécial... Je venais prendre des nouvelles... Et aussi discuter de deux ou trois choses. Vous devez trouver le temps long, bloqué là sans bouger...

Il tendit le bras pour saisir un paquet de Disque Bleu.

– Je suis mieux ici qu'à l'hôpital. Je peux en griller une de temps en temps sans me prendre une engueulade ! Prenez-en une...

Cadin se baissa pour lui tendre la flamme de son briquet.

– Merci, mais je suis abonné aux cigarillos...

Ils fumèrent dans un silence troublé par les seuls battements d'aile des pigeons qui venaient se poser sur le rebord de la fenêtre, et les babils du nourrisson, de l'autre côté de la cloison.

– Vous vouliez me parlez de quoi, exactement ?

– Une vieille histoire... Vous vous souvenez de Marie Rosch ?

Brüner tira longuement sur sa clope en fronçant les sourcils.

– Marie Rosch ? J'ai bien peur que non... Ça tournait autour de quoi ?

– Une fillette d'une dizaine d'années, d'origine hongroise... Elle avait été victime de sévices sexuels, en 1974, mais l'enquête n'a malheureusement pas abouti... Là, ce sont quelques pièces du dossier...

Le blessé consulta les documents en remuant imperceptiblement la tête.

– Oui, en effet, ça me revient. On roulait déjà en tandem avec Zarka...

– Je vous ai apporté les résumés effectués par les psychologues d'après les enregistrements des déclarations de la petite... Elle parle d'un endroit, à la campagne, où elle allait assez souvent en compagnie de ses parents. Un coin, près de l'eau... Il semble que ce soit dans ce secteur, et dans ce secteur seulement, qu'elle rencontrait ceux qui abusaient d'elle... Vous avez eu connaissance de ces pièces, à l'époque ?

Brüner lut rapidement les feuilles dactylographiées.

– C'est vraisemblable... Mais qu'est-ce que vous cherchez, exactement ? Le dossier a été rouvert ? Pour quelle raison ?

– Non. Ce serait trop long à vous expliquer... J'enquête sur l'assassinat de cet élu écologiste de Marcheim, Alain Dienta, et le hasard veut que, la veille de sa mort, il ait acheté un tableau chez un brocanteur, et que ce soit le portrait de cette gamine... Je procède aux vérifications d'usage pour savoir si ça signifie quelque chose ou si c'est une pure coïncidence... Il n'entrait pas dans les attributions des toubibs de rechercher le lieu que Marie Rosch décrivait, et je me demande si vous avez pu le faire, de votre côté ?

– On aurait bien voulu... Le problème, je m'en souviens maintenant, c'est que ces rapports nous sont parvenus plus d'un mois après la fin de la garde à vue du père de la petite, et alors qu'elle avait été rendue à sa famille depuis près de quinze jours. On est allés à leur caravane, chemin du Heyritz, mais il n'y avait personne. Partis sans laisser d'adresse... Certains voisins prétendaient qu'ils étaient passés en Suisse, d'autres en Allemagne... Qu'est-ce que vous vouliez qu'on fasse ! Alerter Interpol ? On a bouclé le dossier.

– Vous avez une idée de l'endroit qu'elle évoquait ?

L'inspecteur Brüner fit un effort pour regarder Cadin droit dans les yeux.

– Pas la moindre.

Puis il se saisit d'une tringle à rideau placée le long du matelas. Il en dirigea l'extrémité vers le téléviseur, visa le bouton de mise en marche et appuya en son centre d'un coup sec. Cadin prit congé, avantageusement remplacé auprès du policier convalescent par Zorro, son fidèle Bernardo et le sergent Garcia. *Un cavalier qui surgit hors de la nuit...* Le générique couvrit les premiers pleurs du nourrisson, poursuivit l'inspecteur dans l'escalier fleuri.

Un soleil oblique consentait enfin à faire acte de présence, alors que la journée tirait sur la fin. Des bateaux de croisière vides remontaient en convoi vers leurs mouillages du quai des Alpes et du bassin d'Austerlitz. Le parcours lui semblait maintenant familier. Les montagnes d'écorce du port au bois, le pont roulant du port au charbon, les péniches-citernes du port pétrolier, les entrepôts délabrés de la route du Rhin-Napoléon, les barges abandonnées du bassin Vauban, le clocheton jacobin de l'administration des canaux, le faîte en cascade et la façade rouge sang de l'auberge Au Petit-Rhin, les silos de la malterie, ceux de la rizerie, de la maïserie, le petit passage sous les voies de desserte avec son trottoir à rambarde, surplombant, qui évoquait la rue Watt...

Il dépassa la gare des Ports et parvint à trouver le chemin embusqué qui, en contournant le parking encombré de verre déconsigné et de téléphones réformés, permettait d'arriver droit sur la grille grande ouverte des magasins généraux. Il pénétra dans la cour sans provoquer le moindre jappement de la part de la meute. Sous la verrière chauffée par le soleil, les ferrailleurs s'activaient à nouveau sur des carcasses de fraiseuses, d'ajusteuses, entassant le cuivre, l'acier, la fonte dans la Peugeot. Les chiens et les chats étaient enfermés dans la pièce qui servait de cuisine. Ils se ruèrent sur la porte vitrée à l'approche de Cadin, renversant les écuelles emplies de mixture verdâtre, de décoction, laissant sur les carreaux les empreintes spongieuses de leurs coussinets striées par les ongles. Il courut jusqu'à l'atelier du peintre. Regain s'était envolé. Le tableau en cours gisait par terre, lacéré. L'inspecteur revint sur ses pas. Une femme était allongée sur une couverture marocaine, dans la chambre qui jouxtait le chenil. Il reconnut la robe gitane à volants et s'approcha.

– Regain est parti... Vous savez où je peux le trouver ?

Elle tourna vers lui un visage endormi.

– Fais ce que tu veux, mais, s'il te plaît, sois gentil...

Il la prit par les épaules, la secoua pour l'obliger à ouvrir les yeux.

– Je veux savoir où est Regain, tu comprends ? Il t'a dit où il allait ?

La fille se mit à gémir, à pleurnicher.

– Pourquoi tu n'es pas gentil... C'est pas la peine de me taper...

– Je ne t'ai pas frappée... Je te demande simplement où est Regain.

– Il est parti tout à l'heure, c'est Michaël qui l'a emmené... Tu n'as qu'à les attendre. N'importe comment ils sont obligés de revenir, ils ne peuvent pas me laisser ici toute seule...

Cadin la laissa à son abrutissement haschischique et fit gueuler les bestiaux en repassant devant la porte vitrée du chenil. Il longea le Rhin, pendant des kilomètres, avant de trouver une transversale qui le ramena sur la voie rapide, après les zones commerciales de la périphérie. Quelques plaques de neige subsistaient sur les pentes encaissées des Vosges, vers Guebwiller. Le premier chevalement, avec sa roue mouvante, marquait la frontière du bassin potassique. Il traversa les cités semblables du pays minier, Ensisheim, Wittenheim, Staffelfelden. Les tubulures des échafaudages, les grues, dessinaient de la dentelle dans le ciel, du côté de la centrale de Marcheim. Il sillonna le bourg à la recherche de la route qui menait à la pépinière, désorienté par les sens interdits hebdomadaires du marché forain, s'y engagea enfin. Il ralentit à l'approche de la colline plantée d'épicéas pour emprunter l'allée qui serpentait jusqu'à la maison de maître encadrée de ses deux serres arrondies. Plus loin, des jardiniers, courbés, accroupis, sarclaient, bouturaient, dans le jour finissant. Cadin grimpa les marches du perron, poussa la porte. Il attendit, dans l'entrée vide, que quelqu'un se manifeste avant de se décider à s'engager dans l'escalier, ses pas étouffés par le moelleux des tapis. L'épouse de l'ancien maire se tenait debout devant son chevalet, face à un volumineux bouquet de fleurs des champs, lissant un fond sans passion. Elle posa le pinceau sur la palette et leva sur l'inspecteur un morne regard gris.

– Bonsoir, inspecteur. Je savais que vous alliez revenir... Mon mari est parti pour la journée à Karlsruhe. Il doit dîner avec des fournisseurs et ne rentrera pas avant minuit...

– Bonsoir, madame Loos. Je ne suis pas là pour votre mari, mais pour votre neveu, Gérard Regain... J'ai besoin de le rencontrer. Il a quitté un peu rapidement son atelier de Strasbourg, et j'ai toutes les raisons de croire qu'il est passé par ici...

Elle l'invita à s'approcher en désignant une petite table ronde et deux chaises placées devant la fenêtre, et lui servit une tasse de thé bouillant sans même lui demander s'il en voulait.

– Il n'est pour rien dans tout cela. Il n'a jamais eu de chance. Personne ne s'est jamais intéressé à lui, à cause de son état... La peinture est la seule chose qui permet à Gérard de vivre, de supporter son handicap. J'ai installé cet atelier et je me suis mise à peindre pour rester proche de lui... Sans me faire d'illusions sur la qualité et l'originalité de ce que je fixe sur la toile... Un prétexte...

Cadin aspira une gorgée de thé, autant par politesse que pour se donner une contenance.

– Je ne cherche pas à lui nuire, madame, je veux juste que nous discutions ensemble, à propos de la disparition de son ancien ami, Alain Dienta... En qualité de simple témoin... S'il se cache, je me verrai contraint de lancer un avis de recherche contre lui... Vous comprenez ?

Elle désigna un rideau de velours qui masquait une porte.

– Il se trouve dans ma chambre... Je vous fais confiance.

18.

Le modèle et son peintre

Le fauteuil roulant, vide, était rangé au coin de l'armoire. Gérard Regain, allongé sur un canapé, regardait par la fenêtre les derniers rayons du soleil couchant qui dansaient entre les troncs des sapins. Il suivit le déplacement de l'inspecteur dans le reflet de la pièce renvoyé par la baie vitrée. Cadin contourna le lit recouvert de satin mauve et poussa une chauffeuse pour venir s'asseoir du côté valide du jeune peintre.

– Vous auriez pu me dire, ce matin, que vous étiez sur le point de partir rejoindre votre tante...

– Si vous souhaitez connaître mon emploi du temps, il faut me le demander, inspecteur... En plus, ça ne vous servirait pas à grand-chose : en homme libre, je suis du genre à tout bousculer d'une minute à l'autre...

– Cette fois-ci, j'ai plutôt le sentiment que ça ressemble à une fuite...

Il tourna la tête et essuya d'un revers de manche la salive qui mouillait la commissure figée de ses lèvres.

– Encore faudrait-il que j'en aie les moyens ! Et même dans ce cas, je ne vois pas ce qui pourrait me pousser à prendre la fuite... Je n'ai rien à me reprocher, inspecteur. Rien.

Cadin reprit la photocopie du portrait de la petite sauvageonne dans son portefeuille, la posa sur la poitrine de Regain.

– Je n'en suis pas aussi sûr que vous. Elle s'appelle Marie Rosch. Une gamine d'origine hongroise née, il y a treize ou quatorze ans aujourd'hui, dans un bled au nom imprononçable. En juin 1974, un dossier a été ouvert, à Strasbourg, pour violences sexuelles à son encontre...

Regain repoussa la feuille, sans même la déplier.

– À l'époque, vos collègues ont arrêté son père, et ça s'est terminé comme ça... Plus personne n'en a jamais entendu parler.

– Si vous connaissiez aussi bien l'histoire, pour quelle raison ne m'avez-vous rien dit ce matin ?

Il appuya son épaule valide contre le cuir pour pivoter lentement et trouver une position assise.

– Je ne m'en suis pas souvenu, sur le moment. Vous croyez peut-être que je garde en mémoire mes milliers de dessins, d'esquisses, mes centaines de tableaux, mes dizaines de fresques ? J'efface au fur et à mesure. Dans un escalier il n'y a que la dernière marche qui compte. Je ne suis pas comme les flics, le passé ne m'intéresse pas, je regarde toujours vers l'avenir...

– J'ai bien peur que, si vous continuez à vous défendre de cette manière, votre avenir ne soit assez prévisible, et qu'il manque singulièrement de couleur... Je présume que cette fillette n'est pas arrivée dans votre atelier par l'opération du Saint-Esprit ! Je vous écoute...

Regain se recroquevilla contre l'accoudoir, sa paupière morte agitée de tremblements.

– Je ne me souviens plus...

L'inspecteur ouvrit une nouvelle fois son portefeuille pour prélever le dessin malhabile crayonné par Marie Rosch lors de son court séjour dans le service d'aide psychologique, trois ans plus tôt, pendant la garde à vue de son père.

– Jetez un œil à ce croquis... Ce n'est pas du grand art, mais il devrait vous réactiver les neurones...

Le fresquiste tendit la main et approcha la deuxième photocopie de son visage. Trois personnages, dessinés de profil, étaient insérés dans un rectangle surmonté d'un triangle figurant une maison. Des sapins entouraient la bâtisse. Le premier personnage, un homme, se tenait nu, debout, tandis qu'une fillette, bouche ouverte, avalait un sexe démesuré. Sur le côté droit, un autre homme, assis au fond d'un fauteuil roulant, observait la scène près d'un chevalet de peintre. Regain marqua le coup. Il laissa échapper le crayonnage qui tomba à ses pieds. Il tenta une ultime esquive.

– Qu'est-ce que ça prouve ? Il sort d'où ?

Cadin ne savait rien encore, et il lui fallait pousser son avantage, profiter du trouble extrême du peintre pour comprendre comment la mort avait frappé l'Indien après qu'il eut découvert le portrait de la petite sauvageonne. Il risqua son premier mensonge.

– J'ai retrouvé Marie Rosch... J'aimerais bien entendre une autre version que la sienne, pour me faire une opinion...

Il sut qu'il avait gagné quand il vit une larme couler sur sa joue.

– Vous pouvez approcher mon fauteuil ? Je ne me sens pas bien là-dessus...

Cadin l'aida à se hisser sur sa chaise roulante, puis Regain alla se placer au plus près de la baie vitrée. Il tendit le doigt vers une petite dépendance de la maison d'Émile Loos, un pavillon de gardien perdu au milieu d'une sapinière.

– C'est là que ça se passait... Mais je vous jure que je n'ai rien fait... Elle a dû vous le dire... Je ne pouvais que regarder... Et peindre...

– Bien sûr qu'elle me l'a dit... La première fois, c'était quand ?

– Avec Marie, ou avec les autres ?

L'inspecteur ne répondit pas à la question. Il laissa le silence peser, bien au-delà du malaise. Regain renifla avant de se décider à continuer.

– Vous aviez raison ce matin, pour l'article dans *Ruines du Futur.* Ce n'est pas Gérard Moreux qui l'avait écrit, mais bien moi... Tout a commencé il y a cinq ans, juste avant que Boris ne fonde la communauté. Émile Loos, sur l'insistance de ma tante, m'avait prêté l'ancienne maison des gardiens pour y installer un atelier... Il y venait de temps en temps, sous le prétexte de discuter, en fait c'était pour zyeuter les modèles... Il s'intéressait surtout aux plus jeunes... Je lui laissais faire ce qu'il voulait, je passais dans la pièce d'à côté... Marie, je l'aimais bien... Elle n'était pas comme les autres, et je ne voulais pas qu'il l'approche.

La porte s'était ouverte, lentement, sans que Regain l'entende, et la femme d'Émile Loos se tenait droite dans l'entrebâillement, le regard figé sur l'inspecteur Cadin.

– Vous l'avez connue dans quelles circonstances ?

– Mon oncle organisait des fêtes le dimanche, à la belle saison, et il embauchait des employés au noir... Les parents de Marie préparaient les buffets, servaient les invités... Au cours d'une de ces parties, elle est arrivée dans mon atelier couverte de boue à la suite d'une chute de vélo... Je partageais encore mon temps entre la communauté et l'atelier. Il est arrivé alors que je la nettoyais, pour qu'elle ne se fasse pas disputer par ses parents... Il a pris le gant, et je suis resté...

– Vous étiez jaloux, c'est ça ? Ce qu'il faisait avec elle, c'est ce que vous auriez bien voulu qu'elle vous fasse... Oui ou non ?

Le « oui » fusa dans un sanglot. Cadin se pencha.

– Quelqu'un d'autre était au courant ? Votre tante...

– Non. Elle ne s'est jamais doutée de rien... Il faut la laisser en dehors de tout ça... Le soir même j'ai décidé de m'installer définitivement dans la ferme et j'en ai parlé à Boris Undermatt... Seulement à lui...

– Vous avez revu Marie, par la suite ?

– Non. J'ai détruit tous les tableaux qui la représentaient. À part un seul que j'ai donné à Boris...

L'inspecteur prit les transcriptions des déclarations de la fillette.

– Votre oncle ne s'est pas privé de la rencontrer... Je vais vous lire ce qu'elle nous a déclaré à son propos...

Regain agita violemment la tête et plaqua sa main valide sur son oreille.

– Taisez-vous ! Je ne veux rien entendre. Je ne veux pas !

Cadin alluma un Meccarillos.

– Vous étiez présent, en mai 1975, quand Boris est mort ?

– C'est lui qui l'a tué. Et Alain aussi.

La femme de l'ancien maire de Marcheim poussa un cri, puis traversa la chambre. Elle saisit la tubulure du fauteuil roulant pour tourner le regard de son neveu vers elle.

– Tu n'as pas le droit de dire des choses pareilles, Gérard ! Je sais qu'il ne t'aime pas, mais ce n'est pas une raison pour l'accuser de tels crimes...

Il était maintenant parfaitement calme, prêt à affronter les conséquences de ce qu'il avait vécu, comme si l'aveu venait de le libérer de toute angoisse.

– Je ne voulais pas te faire de mal... Pas à toi. Surtout pas à toi... Je dois pourtant dire la vérité... On ne peut plus faire autrement.

Cadin la prit par le bras et l'obligea à s'asseoir sur le canapé.

– Laissez-le parler, madame, pour le moment ce ne sont que des mots...

Regain se replaça devant la baie vitrée.

– Boris est venu rôder plusieurs fois autour du pavillon, les jours de fête. Pour vérifier ce que je lui avais confié. Il s'en est servi au moment de la déclaration d'utilité publique, pour la construction de la centrale.

– Il voulait empêcher l'expulsion de la communauté et la destruction de la ferme que vous squattiez ?

– Pas vraiment, c'était bien trop compliqué... Boris se croyait plus malin que tout le monde. Il a commencé à faire chanter mon oncle, en se servant de moi comme intermédiaire. Son objectif, c'était d'obtenir assez d'argent pour acheter un autre lieu qu'il avait repéré un peu plus bas, dans le Sundgau... Trente millions... Émile s'est laissé faire trois ou quatre fois. Ça le rendait fou. La nuit du dernie rendez-vous, il s'est caché en attendant que Boris sorte de la ferme. Je suis resté sur le seuil. Il l'a assommé avec une grosse branche, avant de le traîner jusqu'à une mare qui se formait après chaque orage, sur le chemin. Il lui a maintenu la tête dans l'eau...

La description des derniers instants de Boris Undermatt correspondait parfaitement à l'hypothèse émise par Fournier, le médecin légiste que Cadin avait rencontré au Quartier-Blanc, le jour où ses collègues du commissariat de la Robertsau nettoyaient leur fourgon Citroën des restes du noyé de la station d'épuration.

– Et pour Alain Dienta, ça s'est passé comment ?

– Je n'ai rien vu, mais je sais que c'est lui. Michaël m'a déposé ici, deux jours avant les élections, pour rendre visite à ma tante. Nous nous sommes croisés, avec l'Indien, au bar de l'Ensingen. J'avais commencé à travailler sur une série de portraits oniriques de tous ceux qui étaient passés par la communauté, et j'étais en train de bâtir le sien... Je voulais le lui donner...

– Je l'ai aperçu à la gare des Ports. Crazy Horse... Le cheval fou en route vers les Hautes-Plaines...

– Exactement... Il m'a offert une Schutz, et en trinquant il m'a dit que ce serait la deuxième pièce de sa collection particulière de Regain. Je ne comprenais pas, et il m'a expliqué, en riant, qu'il venait d'acheter un tableau de moi, le visage d'une gamine, dans les tons orangé-rouge... J'ai prévenu mon oncle, le soir même, alors qu'il revenait de sa dernière réunion électorale. Il m'a répondu qu'il ne fallait pas que je m'inquiète, qu'il allait s'en occuper rapidement. Je suis reparti pour Strasbourg le dimanche matin, très tôt, et j'ai appris, pour l'Indien, en même temps que tout le monde...

Cadin écrasa méticuleusement son cigarillo dans le cendrier que l'épouse d'Émile Loos avait posé devant lui.

– Vous n'avez pas discuté davantage avec l'Indien ?

– Non, pourquoi ?

– Il ne savait peut-être pas sur quoi il était tombé...

La stupeur figea l'œil écarquillé et la demi-bouche ouverte de Regain. Cadin se leva et décrocha le téléphone blanc placé sur la table de chevet. Émile Loos fut appréhendé au poste frontière voisin de Neuf-Brisach. Dans un premier temps, il crut qu'on ne s'intéressait qu'à son taux excessif d'alcoolémie. Au cours des heures qui suivirent, dégrisé, il confirma l'essentiel des déclarations de son neveu.

L'inspecteur Cadin ne revit aucun des protagonistes de sa première enquête. Le mois suivant, en récompense de ses bons services, il fut nommé inspecteur principal à Hazebrouck.

Aubervilliers,
janvier 1997

Les enquêtes de l'inspecteur Cadin comprennent :

Mort au premier tour, *Denoël*
Le Géant inachevé, *Folio*
Meurtres pour mémoire, *Folio*
Le Bourreau et son double, *Folio*
Le Facteur fatal, *Denoël et Folio*

L'inspecteur Cadin apparaît également dans :

Lumière noire, *Folio*
et dans la nouvelle :
Main courante, *Verdier et Librio*

Cet ouvrage a été réalisé par la
Société Nouvelle Firmin-Didot
Mesnil-sur-l'Estrée
pour le compte des Éditions Denoël
en février 1997

Imprimé en France
Dépôt légal : février 1997
N° d'édition : 8000 – N° d'impression : 37238